乱歩謎解きクロニクル

中 相作 naka shosaku

EDOGAWA RAMPO

言視舎

乱歩謎解きクロニクル　目次

涙香、「新青年」、乱歩　9

乱歩謎解きクロニクル

涙香、「新青年」、乱歩

はしがき

昨年十月三日、横浜市の県立神奈川近代文学館で特別展「大乱歩展」が開幕した。江戸川乱歩をテーマにした展示会としては、ともに池袋で開かれた二〇〇三年の「江戸川乱歩展　蔵の中の幻影城」、翌年の「江戸川乱歩と大衆の20世紀展」のあとを受ける大規模な催しで、館長の紀田順一郎先生が長く念願していらっしゃった企画だと聞く。

書籍や雑誌、原稿、書簡、写真のたぐいはいわずもがな、乱歩が不届きな出版社から召しあげた紙型までもが陳列された圧倒的な展示内容で、文学館のスタッフは毎朝、前日の入場者が息を呑みながら展示ケースのガラスに残していった指紋や掌紋を、開館時刻までにきれいに拭き取る作業に追われれたという。開幕初日には記念講演会も催され、小林信彦さんが「乱歩の二つの顔」と題してお話しになった。

同じ日、池袋にあるミステリー文学資料館では、開館十周年を記念したトーク&ディスカッション「「新青年」の作家たち」がスタートした。土曜の午後に開講される全九回の連続講座で、毎回ひとりずつ「新青年」ゆかりの作家がとりあげられる。初日のテーマは江戸川乱歩。館長をお務めだった権田萬治先生からご慫慂をいただき、講師を担当することになった。開始は午後一時三十分。小林信彦さんの講演が始まる三十分前である。

撃沈だな、と観念した。どちらも乱歩をテーマとしながら、講師には雲泥というも愚かな開きがある。のみならず、むこうは異国情緒たっぷりな港の見える丘公園に建つ文学館、こちらはビルの地下一階、迷路のような狭い通路をたどった先の小さな会議室が会場である。選択に迷う乱歩ファンなど存在しないものと思われた。

何人の方にお集まりいただけるのか、撃沈の不安に怯えながら当日を迎えたが、ありがたいことに定員の三十五人近い入場があった。名張市民の税金で用意した二銭銅貨煎餅も、手みやげとして全員にお受け取りいただくことができた。「涙香、「新青年」、乱歩」と題して一時間ほど喋り、三十分あまりディスカッションして、講師としての役目を終えた。

このまま埋もれさせるには惜しい内容だ、といってくれる人はひとりもなかったが、本人としては喋りっぱなしで捨て置くのはしのびない。時間の制約から意を尽くせなかったところもある。そこで、トークの梗概を自分のウェブサイトに連載することにした。話した内容をただ再現するのではなく、昨年十二月に出た長山靖生さんの『日本SF精神史』（河出書房新社）に教えられて海野十三の「探偵小説雑感」を引用するなど、トーク以降に得た知識や所見も加えながら書き進めたものだから、いつまでたっても終わらない。年が改まり、バンクーバー冬季五輪もたけなわの二月なかばにようやくけりがついた。

今度は連載分を一本の原稿にまとめることを思いつき、この国では今年が電子書籍元年になると喧伝されていることから、新書判のフォーマットでレイアウトしたPDFファイルをインターネット上で公開することにした。ダウンロードすれば、アドビ社のAdobe Readerで読むことができる。ツールバーの「表示」で「ページ表示」を選択し、「見開きページ」と「見開きページモードで表紙をレイアウト」をオンにすると、しょせんまがいものとはいうものの、電子書籍らしい雰囲気は思いのほかに実感される。

簡単な作業だと踏んでいたのだが、サイト連載分が冗漫でばか長くなったため、結局は最初から書き改めるに等しい手間がかかった。一月に刊行された川西政明さんの『新・日本文壇史　第一巻　漱石の死』（岩波書店）の影響で年月日や住所をやたら詳しく記したりもして、去年のトークはほとんどかたちをとどめていない。面目を一新した、といいたいところだが、枝葉に筆を費やしたせいでまとまりを欠き、というよりは、幹になったのが一時間程度のトークでしかないのだから、そもそもまとまりなど求めようもなく、大きく深いはずのテーマを表面だけ軽くなぞることに終始しているのは致し方のないところであろう。こんなことならやんなきゃよかった、と思わぬでもないが、なにしろ電子書籍元年である。ついうかうかと調子に乗ってしまった。

「涙香、「新青年」、乱歩」というタイトルについて述べておくと、お読みいただけばおわかりのとおり、黒岩涙香にはまったくといっていいほど関係がない。こんな内容でタイトルに涙香を謳っては羊頭を掲げて狗肉を売るの誇りを免れないところだが、これもお読みいただければおわかりのとおり、乱歩の顰みに倣ってまず涙香を掲げた、などと記してしまうと、天国の涙香からも乱歩からも、ともに大目玉を頂戴してしまうに相違ない。罰当りないいわけはこのあたりまでとしておく。

二〇一〇年五月二十九日、アップル社 iPad の国内発売が開始された翌日に

第一章　「新青年」という舞台

デビューと疎外感

　江戸川乱歩は大正十二年、「新青年」に「二銭銅貨」を発表してデビューしました。「新青年」は大正九年に博文館が創刊した月刊誌で、誌名からもうかがえるとおり、地方に住む青年読者の開拓を狙いのひとつとした雑誌でしたが、創刊号から探偵小説に誌面を割くことで特色を打ち出しました。それが読者や寄稿家からひろく支持され、翌十年には探偵小説を特集した増刊号の発行を開始するなど、翻訳作品を中心にした探偵小説の牙城として地歩を固めてゆきます。

　平井太郎も、「新青年」の増刊号を手に狂喜した読者のひとりでした。大正十一年八月増刊「探偵小説傑作集」を数日のあいだ座右から離さず、「盛んだなあ、盛んだなあ」と呟きつづけました。太郎は明治二十七年十月二十一日生まれ、二十七歳。この年七月、職業を転々とした東京での生活に見切りをつけ、大阪府北河内郡守口町字守口六八九ノ三にあった両親の家に居候を決め込んだ身でした。無職、妻と長男あり、というニート生活は十二月までつづきますが、そのあいだに太郎は二本の短篇小説を書きあげました。

下書きには古い日記帳の余白を利用し、九月二十一日に下書きを始めた「一枚の切符」を二十五日に、二十六日から下書きした「二銭銅貨」を十月二日に脱稿、江戸川乱歩という署名を添えました。探偵小説を何よりも愛好していた無名の青年が、アメリカ人作家のエドガー・アラン・ポー、近代探偵小説の始祖にちなんでつけたペンネームです。

十月四日、江戸川乱歩はこの二篇を東京に住む文芸評論家、馬場孤蝶に送りました。反応がありません。乱歩は孤蝶に手紙を出して返送を乞い、十一月二十一日、今度は「新青年」編集長の森下雨村に郵送しました。多忙を理由に読もうとしなかった雨村も、乱歩の強引な督促に折れて眼を通し、十二月二日、「これだけの作ならば、無論、私の方へ掲載しても差しつかえありませぬ」と返信して乱歩を喜ばせました。

大正十二年の「新青年」四月号。「二銭銅貨」は小酒井不木の「「二銭銅貨」を読む」と題した讃辞とともに掲載され、江戸川乱歩は破格の扱いでデビューを飾りました。そのあとも短篇の寄稿をつづけ、探偵小説の旗手として声価を高めてゆきます。十二年七月に入社した大阪毎日新聞社は十三年十一月三十日に退社、筆一本の生活に乗り出し、十四年七月には春陽堂の創作探偵小説集第一巻として短篇集『心理試験』が刊行されました。十五年一月、大阪から勇躍して東京市牛込区筑土八幡町三二番地に転居し、「新青年」以外の雑誌や新聞からも注文が相次いで、乱歩は探偵小説を専門とする異色の職業作家として文筆活動をつづけます。

愛読していた「新青年」で探偵作家として出発し、初期短篇の多くをそこに発表したあと、江戸川乱歩は「新青年」との微妙な距離に気がつきます。森下雨村のあとを受けて横溝正史が二代目編集長に就任し、誌面に新しい魅力を盛り込んだことが原因でした。大正十五年七月、乱歩に招かれて神戸から上京した正史は、そのまま博文館に入社して翌昭和二年の三月号から編集長として手腕を発揮、斬新な感覚で「新青年」の黄金時代を築きました。昭和四十五年の「途切れ途切れの記」では、「明るいモダン調と意気なダンディズムが、探偵趣味と奇妙な調和をたもつことによって、ひとつの魅力をかもし出したにちがいない」と往年の編集作法が回顧されています。

「新青年」のモダニズムは、乱歩には疎外感をおぼえさせました。昭和二年三月から一年あまりに及んだ休筆のあと、三年から四年にかけて「陰獣」「芋虫」「押絵と旅する男」を発表、読者の話題をさらったものの、そうした作品は時代遅れだと乱歩は感じていました。

読者が求めているのは、明朗、洒脱、軽快といった要素だが、自分には陰気な小説しか書けない。

陰気なことや、心の隅っこをほじくることはもうはやらなかった。凡そそれとは正反対の、明るいナンセンスな興味が、青年読者を捉えていた。「新青年」が旧探偵小説を軽蔑し始めた。私などに原稿を依頼するのは、作そのものは古めかしくてつまらないけれど、兎も角読者の数は持っているから、という様な気味が見えた。私の方には、現代新青年の気持を解することは出来ても、ついては行けない様な所があった。

昭和七年四月二十日に書きあげられ、五月刊行の平凡社版乱歩全集第十三巻に収録された「探偵小説十年」の一節です。似たようなくりごとを「新青年」に探してみると、昭和六年二月の新春増刊号に寄せた「旧探偵小説時代は過去った」が眼につきます。「明るい、ほがらかな探偵小説なんて私には考えられない」と打ち明けた乱歩は、自身の資質と探偵小説の現況にまつわる生真面目な疑問を呈したあと、こう弁明しています。

新青年の読者よ、編輯者よ。私が近頃諸君の雑誌に何も書かぬのは、そういう訳で、私を生んでくれた新青年を、敬愛すればこそなのだから、悪く思わないで下さい。なるべくなれば、銀座街頭に、ろくろ首の見世物は出したくないのだ。

翌七年二月の新春増刊号。編集部から与えられた課題「私の読者へ」に応じた「トリック を超越して」は、こんな文章で始められています。

この雑誌には、私は多分二年以上、一篇の小説をも書いていない。その私が、編輯者の注文に応じて『私の読者』へ呼びかけるのは、少し滑稽であるかも知れぬ。『私の読者』なんて、この雑誌には殆ど残っていないだろうから。

江戸川乱歩と「新青年」との距離は、もはや決定的なものになっていました。

回想記から自伝へ

ここで、「新青年」と江戸川乱歩の関係を具体的な数値で確認してみましょう。次の表「年度別作品掲載数」をご覧ください。一年のあいだに乱歩作品を掲載した「新青年」が何号発行されたのか、それを示してあります。「小説」には合作は含めていませんが、複数の作者がリレー形式で執筆した連作はカウントしています。昭和三年の小説は「陰獣」一作だけでしたが、三回の分載でしたから「3」になります。「非小説」は随筆や評論のことで、アンケート回答も含んでいます。

昭和八年から九年にかけて、四代目編集長水谷準の懇望黙しがたく、江戸川乱歩は長篇

「悪霊」を執筆しました。しかし、連載はたったの三回で中絶、横溝正史からコラムで手ひどく罵倒されるおまけまでついて、乱歩が「新青年」に小説を発表したのはそれが最後となってしまいました。エッセイの寄稿も十二年でほぼ途絶え、十八年を最後に乱歩の名前が消えたまま、「新青年」は戦後を迎えました。

戦後という新しい時代に、「新青年」はどう向き合ったのか。中島河太郎先生の「『新青年』三十年史」によれば、「戦後の出版界は騒然とし、新雑誌が輩出したとき、本誌は従来の権利を確保していたのだから、早く立ち直るべきであったのに、現代小説、ユーモア

年度別作品掲載数		
年　度	小　説	非小説
大正 12 年	3	1
大正 13 年	2	0
大正 14 年	7	4
大正 15 年	5	5
昭和　2 年	3	3
昭和　3 年	3	2
昭和　4 年	2	3
昭和　5 年	1	0
昭和　6 年	0	2
昭和　7 年	0	2
昭和　8 年	2	1
昭和　9 年	1	4
昭和 10 年	0	3
昭和 11 年	0	2
昭和 12 年	0	3
昭和 13 年	0	0
昭和 14 年	0	0
昭和 15 年	0	0
昭和 16 年	0	0
昭和 17 年	0	0
昭和 18 年	0	1
昭和 19 年	0	0
昭和 20 年	0	0
昭和 21 年	0	1
昭和 22 年	0	0
昭和 23 年	0	0
昭和 24 年	0	3
昭和 25 年	0	7

小説で通そうとし」、わずかに昭和二十一年十月号を「探偵小説特大号」として、久生十蘭「ハムレット」や横溝正史「探偵小説」などで誌面を飾ったものの、「すでに探偵専門誌として「宝石」、「ロック」など、いくつもあったからか、また変りばえのしない編集に戻ってしまった」。

江戸川乱歩の眼にも、戦後の「新青年」は「探偵小説には一向冷淡な編集ぶり」に映りました。昭和二十年十二月十二日、乱歩は牛込の社長邸にあった博文館を訪ね、水谷準と横溝武夫に会って「新青年」を探偵小説雑誌に戻すよう説得しましたが、おりから七大出版社は営業停止になるというデマが流れていたこともあり、ふたりの耳には届きませんでした。二十一年十月号の探偵小説特集にはエッセイを寄稿したものの、終戦直後の乱歩にとって、「新青年」はすでに無縁な雑誌でした。

ところが、表「年度別作品掲載数」では、「新青年」が廃刊になった昭和二十五年、乱歩が寄せた非小説は七を数え、その前年は三となっています。意外な数字といっていいでしょう。大正九年以来の命脈が尽きようとしていた「新青年」に、乱歩は集中的に稿を寄せていました。何を書いていたのか。のちに『探偵小説四十年』としてまとめられることになる「探偵小説三十年」でした。縁がなくなったはずの「新青年」を、乱歩は自伝連載の場に選んでいました。

唐突な印象は否めません。疎遠だった「新青年」になぜ、突然、江戸川乱歩が登場したのか。新保博久さんは光文社文庫版乱歩全集『探偵小説四十年（上）』の「解題」で、「戦後解体される以前の博文館時代からの初代編集長・森下雨村の「探偵作家思ひ出話」の三回連載のあとを受けての登板だったが、いずれ横溝正史、延原謙、水谷準と順次登場させて、凋落の兆しいちじるしかった「新青年」としては、せめて往年の威光をしのばせたかったのかもしれない」と舞台裏を推測しています。

森下雨村の「探偵作家思い出話」と同様の回想記を、「新青年」編集部は乱歩に依頼しました。凋落の兆しいちじるしく、経営も火の車だった「新青年」には、息の長い連載を打診する余裕はとてもなかったことでしょう。だとすれば、依頼を受けた乱歩が、短い回想記ではなくて自伝ならば、と応諾したことになります。なぜこの時期、乱歩は自伝を執筆しなければならなかったのか、という疑問にはまたあとでふれます。

連載が開始された昭和二十四年十月号の「編輯後記」には、「探偵小説三十年」が「少くとも一年はつゞく予定」と記されていました。しかし乱歩には、一年や二年で終わらせるつもりなどまるでありませんでした。冒頭に「はしがき」が配されて先行きの長さを暗示している点からも、幼年期のことから悠揚迫らぬ印象で筆が進められている点からも、乱歩が長期にわたって連載をつづける心づもりだったことは明らかです。

かけがえのない場

長く無縁だった「新青年」は、短い回想記を依頼されたとき、ふたたびかけがえのない雑誌として江戸川乱歩の前に立ち現れました。本格的な自伝を連載するのであれば、その誌面でデビューを果たし、探偵小説との蜜月を過ごした「新青年」こそが、舞台としてもっともふさわしい。まさにかけがえのない場でした。

乱歩は当時、岩谷書店の月刊誌「宝石」をホームグラウンドにしていました。昭和二十一年四月の創刊号から欠かさず随筆や評論を発表し、八月号では「幻影城通信」の連載を開始、内外の探偵小説を題材に縦横無尽に筆をふるっていました。そこへ、自伝の執筆が加わります。乱歩は、「宝石」に探偵小説の現在を、「新青年」には探偵小説の過去を、それぞれ綴ってゆくことになりました。

「新青年」の歴史に終止符が打たれる昭和二十五年七月号まで、「探偵小説三十年」は十回にわたって連載されました。小見出しの一覧を掲げておきます。

大正十四年発表の作品
名古屋と東京への旅
甲賀三郎君
牧逸馬（林不忘）君
宇野浩二氏
野村胡堂氏と写真報知
探偵趣味の会

この十回の連載で、幼年期から作家として立つまでを、江戸川乱歩はじつに手際よく語っています。

幼くして黒岩涙香に心酔し、長じてはポーとドイルを発見した。『奇譚』を編んで探偵小説の研究や体系化を試み、編集者としての片鱗も示した。いっぽうで実作者として密室小説を試作し、職業的な探偵作家になろうと考えたものの、日本では不可能だったからアメリカへの渡航を夢見た。文学的水脈でいえば、谷崎潤一郎とドストエフスキーに探偵小説に通じる面白さを見出した。探偵小説の普及を目的に智的小説刊行会を企画し、組織を統率する意欲も垣間見せた。そして、「新青年」。

乱歩は、自伝にありがちな懐旧や追慕の気配はいっさい見せずに、自身の人生から探偵小説にかかわりのある要素をピックアップして点綴しています。「探偵小説三十年」に接した読者は、乱歩という作家がプロとして立つまでに、デビュー以後に手がける活動のすべてを予行していたと知って一驚したかもしれません。これはまさしく、探偵小説の第一人者による自伝である。ここに描かれているのは、探偵小説の申し子のような人物が歩んできた人生にまぎれもない。そんな印象を読者に与えるうえで、「新青年」以上の舞台はありませんでした。しかし「新青年」は廃刊となり、「探偵小説三十年」は「宝石」に引き継がれます。

昭和二十六年の「宝石」三月号。七か月のブランクのあと、「探偵小説三十年」の連載が再開されました。その「はしがき」で乱歩は、「本号から「幻影城通信」を暫く休んで、私の探偵作家としての思出話を連載する」と説明していますが、「宝石」のレギュラーを中断してまで「新青年」の連載を継続した点に、「探偵小説三十年」の執筆が乱歩にとって重要な作業であったことが示されています。しばらく休んで、とされていた「幻影城通信」は、結局そのあとを書き継がれず、一月号の連載第四十五回を最後に姿を消してしまいました。

紛れ込む誤認

「探偵小説三十年」は、「新青年」昭和二十四年十月号から二十五年七月号、ついで「宝石」二十六年三月号から三十一年一月号に発表され、そのあと「探偵小説三十五年」とタイトルを改めたうえで、「宝石」の三十一年四月号から三十五年六月号まで連載されました。さらに新稿七、八十枚が書き加えられ、『探偵小説四十年』として桃源社から出版されたのは昭和三十六年七月のことでした。

以来、『探偵小説四十年』は江戸川乱歩の自伝としてのみならず、この国の探偵小説史としても読み継がれてきました。大正時代から一貫して探偵小説をリードしてきた第一人者の回想記が、探偵小説史の性格を帯びてしまうのは当然のことです。乱歩自身もよく承知していて、「探偵小説三十年」の「はしがき」では、「西洋探偵小説史と日本探偵小説史の相当詳細なもの」を書きたいという野心を披露したあと、自伝に託す企図を語りました。『探偵小説四十年』にもそのまま収録されています。

そこで、この二つの探偵小説史のうち、日本の探偵小説史に少しも手を着けないで終るような場合を考えると、その近代篇ともいうべき部分を、身を以て経験して来た私の思い出話をまとめておくのも、あながち無意味ではない。そのある部分は日本探偵小説近代篇の側面史というような意味を持つのだから、後年誰かが探偵小説史を書くような場合の、一つの参考資料となるであろう。そういう意味をも含めて、この稿を書きはじめるわけである。

側面史どころか、『探偵小説四十年』は正史として不動の地位を占めています。上梓以来四十八年あまりのあいだに、この国の探偵小説に関する一級の資料として読まれ、引用され、援用され、いつかしら不可侵の聖典として崇められるに至ったとさえいえるかもしれません。乱歩の企図は果たされました。『探偵小説四十年』は、日本探偵小説史の相当詳細なものとして、現代の読者の前に存在しています。

とはいえ、『探偵小説四十年』の記述をそのまま鵜呑みにしてしまうのは、もとより危険なことでしょう。とくに探偵小説史としてひもとく場合には、すべての史書がそうであるように、正対するにあたって厳正な史料批判が必要とされます。乱歩が「探偵小説三十年」の連載を始めたのは、「二銭銅貨」の発表から二十六年が経過したときのことでした。座右には新聞や雑誌などをスクラップした『貼雑年譜』があったとはいえ、事実の誤認や記憶の錯誤が紛れ込んでくるのは避けがたいことでした。

いささか意地の悪い試みになりますが、『探偵小説四十年』に紛れ込んだ明らかな誤りを三点、指摘してみましょう。いずれも大正十四年のできごとです。

まず、「名古屋と東京への旅」の項。一月に上京したおり、乱歩は名古屋で途中下車して小酒井不木を訪問しました。それはまちがいのない事実ですが、「名古屋駅の待合室で袴をしめ直しているすきに、そこのベンチへ置いた懐中物を盗まれてしまい、無一物となった」とあるのは翌十五年一月の事件です。「新青年」十五年五月号に掲載されたコラム「噂の聞き書き」からも、昭和二年十月の「大衆文学月報」第五号に乱歩が書いた「探偵作家一本参る話」からも、それを確認することができます。

大正十四年の上京は、乱歩にとってきわめて印象深い小旅行であったはずです。名古屋で小酒井不木に、東京では森下雨村をはじめとした「新青年」の関係者に、そして宇野浩二に、それぞれ初対面を果たした旅のことが、二十数年の時間が流れたあとでは一年後のそれと混同されてしまう。人の記憶とは、つくづくあてにならないものです。

二点目。「牧逸馬（林不忘）」の項に乱歩は、牧逸馬が「D坂の殺人事件」を英訳していたと記しています。「私が上京したのを機会に、探偵作家の会合があって、その席上、森下雨村氏が、英訳してあちらの雑誌へ送って見ようではないかといい出され、ちょうど牧逸馬君がアメリカに永くいて英文が達者だったので、同君を煩わすことになったのである」。これもまた事実誤認で、牧逸馬が手がけていたのは「心理試験」の英訳でした。「新青年」の大正十四年三月号、巻末の「編輯局より」に森下雨村が「因に二月号掲載の「心理試験」は英訳して、英米の探偵雑誌へ発表するつもりで、牧逸馬氏の手で目下飜訳中である」と記していますし、『貼雑年譜』にも乱歩自身の手で、「「心理試験」ノ英訳」というエピソードが書き留められています。

もしもここに、ひとりの注意深い読者がいたとしましょう。探偵小説の知識が豊富な読者です。牧逸馬が「D坂の殺人事件」を英訳したという記述に接した彼は、おそらく首を傾げてしまうはずです。なぜか。「D坂の殺人事件」は、日本家屋でも密室殺人が可能なのかというテーマに挑んだ作品だからです。日本家屋の知識がない読者にはいかにも不向きで、英訳には向かない小説、というしかありません。しかし、不注意な読者は、というより普通の読者は、乱歩の記したところを疑ってかかることはしません。乱歩の事実誤認はあっさり見過ごされてしまいます。

三点目は「探偵趣味の会」の項にあります。西田政治と横溝正史に初めて会ったときのことを、乱歩は「私が神戸の両君を訪ねたのは大正十四年四月十一日であった」と断言しています。場所は、神戸市西柳原二六番地にあった政治の自宅。正史から届いた四月十二日付の葉書に、「昨日は失礼しました」と記されていることが根拠でした。ところが、四月十一日というのは、大阪毎日新聞社で探偵趣味の会の初会合が開かれた日でした。正史の葉書はその会合に関する礼と感想を述べたもので、実際の初対面は初会合以前に果たされていたと考えられますが、乱歩は古い葉書の文面から迂闊な誤認を生じさせていました。

面白いことに、この事実誤認は横溝正史と西田政治にも伝染しました。正史は昭和四十四年の「初対面の乱歩さん」と翌四十五年の「途切れ途切れの記」などに、また政治は四十五年の「神戸時代の横溝君と私」に、それぞれ『探偵小説四十年』にもとづいて、われわれの初対面は大正十四年四月十一日のことであったと明記しています。当事者三人が三人とも同じ供述をしているのですから、これはある種の完全犯罪みたいなもので、後世の人間は三人の言を信用するしかありません。平成十六年に刊行された『子不語の夢江戸川乱歩小酒井不木往復書簡集』の脚註で、注意深い読者である村上裕徳さんが「正史が書簡で記す『昨日』は、初対面のときを指すのではなく、二度目に会った第一回例会だったのに違いない」と指摘するまで、この事実誤認はまちがいのない歴史的事実として受け容れられてきました。

発見された草稿

避けがたく紛れ込んでくる事実誤認のほかに、自伝には意図的な事実の歪曲も忍び込みます。美化や正当化のため、人はみずからの過去に潤色をほどこしてしまいがちです。アナーキストの大杉栄は大正十年、雑誌「改造」で「自叙伝」の連載を始めましたが、翌年、愛人の神近市子に刺された日蔭茶屋事件を題材にしたところ、当の神近から同じ「改造」に反駁が寄せられ、「事実は反対に彼は大声に泣いてゐた」などと舞文曲筆を暴き立てられてしまったというエピソードを残しています。どちらの言が事実か、あるいは事実に近いのか、第三者には推測することしかできませんが、自伝にありがちなトラブルであることにはまちがいありません。

『探偵小説四十年』はどうでしょう。意図的に事実を歪曲した気配は、まったくといっていいほど感じられません。おびただしい引用によって客観性を維持しながら、乱歩は淡々と筆を進めています。そのときどきの表層的な気分を饒舌に打ち明けはしているものの、深刻な心情のあからさまな告白といったものにもいっさい興味を示しません。それがかえって、何かしらのたくらみ、めくらましではないかと疑われてくるほどです。

昭和四十六年に発表された小林信彦さんの「半巨人の肖像」は、江戸川乱歩をモデルにした小説です。乱歩に部下として仕えた経験を持つ小林さんならではの視点から、乱歩の人間像が細部まで浮き彫りにされています。乱歩は氷川鬼道という作家として登場しますが、語り手の今野が鬼道の自伝に考察をめぐらせるシーンがあります。

　自己に関する記録について鬼道が偏執的情熱をもっていたのは、まぎれもない事実である。だが、この一巻に溢れんばかりの記録群には、その価値自体とは別に、さらにほかの目的があるのではないかという気が今野にはしてならないのだった。すなわち、これらの夥しい記録群と解説とほどほどの〈自慢と卑下〉的感想の洪水によって、ここに記してあるより深く他人が立ち入り、穿鑿するのを拒否しようと著者は意図したのでないか。それほどまでにして守るべき内面の秘密を鬼道はいまだに保持しているのではないだろうか。

これはそのまま、『探偵小説四十年』を評する卓見として読むことができます。読者を圧倒する溢れんばかりの記録群の陰には、なるほどいわれてみれば、読者の穿鑿を拒否して内面の秘密を保持しようとする姿勢が感じられるようです。とはいえ、そこに何が隠されているのか、何が語られていないのか、書き手によってあらかじめ秘匿されているのですから、読者がその秘密に立ち入るのは不可能に近い難事です。

少し以前、興味深い草稿が発見されました。乱歩による秘匿の喫水線を示す、といってしまっては大袈裟ですが、他人が立ち入り、穿鑿するのを拒むボーダーラインを暗示する資料、ということは可能でしょう。「新青年」に発表された「探偵小説三十年」の草稿です。平成十八年一月に刊行された光文社文庫版乱歩全集『探偵小説四十年（上）』の「解題」で、新保博久さんによってその存在が明らかにされました。一部は「解題」に収録されています。

新保さんによれば、「探偵小説三十年」の原稿は連載のうちの相当量が立教大学図書館に預託されており、「とくに興味深いのは「24年7月3日稿」と表書きされた四百字詰め五十五枚に及ぶもの」で、「この草稿にしか見られない貴重な情報も含まれている」。その草稿は、「涙香心酔」ではなく、「私が探偵小説に心酔するに至った経路」という小見出しで始まるものでした。

「新青年」昭和二十四年十月号。「涙香心酔」はこんなふうに書き出されていました。

明治三十二三年の頃（私の六七歳の頃）父は名古屋商業会議所の法律の方の嘱託として毎日通勤してゐたが、

いっぽう、乱歩の手でいったんは書かれながら、結局発表されることのなかった「私が探偵小説に心酔するに至った経路」には、こんなことが綴られています。

私の探偵趣味は「絵探し」からはじまる。五六才の頃、名古屋の私の家に、母の弟の二十にもならぬ若い小父さんが同居してゐて、その人が毎晩、私の為に石盤に絵を描いて見せてくれるのだが、小父さんは好んで「絵探し」の絵を描き、私にその謎をとかせたものである。枯枝などが交錯してゐるのを、じつと眺めてゐると、そこに大きな人の顔が隠れてゐたりする。この秘密の発見が、私をギヨツとさせ、同時に狂喜せしめた。その感じは、後年ドイルや、殊にチエスタトンを読んだ時の驚きと喜びに、どこか似たところがあつた。少年の頃「絵探し」を愛した人は多いであらうが、私は恐らく人一倍それに夢中になつたのだと思ふ。問答による謎々や、組み合せ絵（ジッグソウ）や、迷路の図を鉛筆で辿る遊びや、後年のクロスワードなどよりも、私にはこの「絵探し」が、何気なき風景画の中から、ボーッと浮かび上つて来る巨人の顔の魅力が、最も恐ろしく、面白かつた。

父が名古屋市の商業会議所の法律の方の嘱託として、毎日通勤してゐる頃、乱歩によって秘められたのは、五、六歳当時の絵探しの思い出でした。乱歩は、何かしらの理由で「私が探偵小説に心酔するに至った経路」を公表せず、絵探しの記憶を封印していました。

浮かびあがる疑問

江戸川乱歩が幼少期から黒岩涙香に心酔していたというのは、乱歩の読者には周知の事実でした。「探偵小説三十年」よりはるかに昔、大正十五年六月の「私の探偵趣味」でも、乱歩は「私を探偵小説書きにした所の、私の生れつきの探偵趣味」を回想し、「血というものは争われないもので、私の母親が探偵小説好きだったことは、いささか面白い。私の五六歳の頃、父親が勤人で留守中はひまだものだから、祖母はお家騒動か何かの、母親は涙香物の、貸本を借りて来て、こたつにあたりながら読んでいたのを覚えている」と涙香の思い出を語っています。

乱歩の記憶には、絵探しの思い出もまた残されていました。乱歩は、自伝を書き始めるために遠い記憶を手探りするうち、母方の叔父から教えてもらった絵探しこそが探偵趣味の出発点だった、と思い当たりました。石盤に描かれた絵、枯れ枝から現れる人の顔、秘密の発見がもたらす驚きと狂喜、恐怖と愉楽。乱歩はその追想を文章にしましたが、やがて思い直し、不要なエピソードとして打ち捨ててしまいました。自分の探偵趣味は黒岩涙香に始まる。その事実を確認して、十月には五十五歳を迎えることになる昭和二十四年の夏、江戸川乱歩は長い自伝を起筆しました。

だがそれにしても、と疑問が浮かんできます。ここで、これまでに記したものも含め、疑問を整理しておきましょう。まず、絵探しに発したという探偵趣味は、乱歩作品にどんなふうに反映されているのか。というよりも、絵探しと探偵趣味はすんなり結びつくものなのかどうか。それを考えることが先決かもしれません。

そして、先にもふれたことですが、乱歩はどうして自伝の執筆を始めなければならなかったのか、という疑問。乱歩の周辺を見廻しても、自伝執筆を促すようなできごとは何も見当たりません。しかし、必要があったからこそ、乱歩は短い回想記の依頼に乗じて長い自伝の執筆を決意した、と見るべきでしょう。

それから、草稿にいったん記された絵探しの思い出が、なぜ抹消され、黒岩涙香をめぐるエピソードにすり替えられたのか。探偵趣味の起点は、どうして絵探しから涙香に変更されなければならなかったのか。些細なことのようですが、どうも気にかかります。

以上、浮かびあがってきたのは三つの疑問でした。なんだか急に、『探偵小説四十年』

が謎に満ちた著作であるように思えてきました。これら三つの謎を解くことで、読者は乱歩の秘密に近づくことができるのかどうか。それはわかりませんが、アプローチしてみるだけの価値はありそうです。

しかしいまは、とりあえず、『探偵小説四十年』冒頭の「涙香心酔」に眼を通しておくことにしましょう。

明治三十二、三年のころ（私は六、七歳であった。生れたのは明治二十七年十月、三重県名張町。本籍は同県津市にある）。父は名古屋商業会議所の法律の方の嘱託として毎日通勤していたが、やはり宴会などが多かったのであろう、父の留守の秋の夜長を、祖母と母とが、針仕事にも飽きて、茶の間の石油ランプの下で、てんでに小説本を読んでいるようなことがよくあった。そのころは貸本屋の全盛時代で、祖母はそこから借り出してきた講談本のお家騒動か何かを、母は涙香の探偵ものを好んで読んだ（私は母の十八歳のときに生れたので、そのころ母はまだ二十三、四歳であった）。私は二人が読書しているそばに寝ころがって、涙香本の、あの怖いような挿絵をのぞいたり、その絵の簡単な説明を聞かせてもらったりしたものである。しかし、そのころの私には、まだ探偵小説の面白味などはわからなかった。母も幼い私に探偵ものの筋を聞かせてくれたわけではない。

　私が探偵小説の面白味を初めて味わったのは小学三年生のときであったと思う。算えて見ると、日露戦争の直前、明治三十六年に当る。巌谷小波山人の世界お伽噺の大きな活字に夢中になっているころで、私はまだ新聞を読む力もなかったが、生来小説好きの母は新聞小説を欠かさず読んでいて、私は毎日その話を聞かせてもらうのが一つの楽しみであった。

　そのころ、大阪毎日新聞に菊池幽芳訳の「秘中の秘」が連載され、これが非常にサスペンスのあるミステリ小説で、母の好みにも叶い、私は毎日その挿絵を見ながら、母の話を聞くのを、こよなき喜びとしていた。「秘中の秘」の原作が何であるか、まだ調べていないが、古い型の怪奇探偵小説として可なり面白いもので、初めてそういう味に接した私を、夢中にさせるには充分であった。

江戸川乱歩の筆は、幼い日々を回顧しながらもけっして懐旧や追慕には流れず、探偵趣味の萌芽を的確に描き出しているように見えます。

第二章　絵探しと探偵小説

「二銭銅貨」の逸脱

江戸川乱歩は、「私の探偵趣味は「絵探し」からはじまる」と記していました。大辞林によれば、「絵の中に、隠して書き入れられた他の形や文字を探しあてる遊び」、それが絵探しです。その遊びが、五、六歳だった平井太郎少年を夢中にさせました。眼の前に、一枚の絵がある。じっと眺めているうち、ふと、描かれた枯れ枝に人の顔が隠されていることに気がつく。そんな瞬間が訪れます。世界が、それまで隠していた秘密をあらわにする瞬間。その訪れが、自分を驚かせ、面白がらせた。乱歩はそういいます。

何の変哲もない絵に、まったく別のもうひとつの絵が秘められている。それを発見するのが絵探しの醍醐味です。枯れ枝か、人の顔か。絵探しの世界では、枯れ枝と人の顔が等価なものとして扱われます。どちらが真実かという問題は顧みられることがありません。枯れ枝でもあり、人の顔でもある。ひとつの絵がまったく異なったふたつの意味を秘めているという二重性が、絵探しの世界を統べる法則です。

探偵小説の世界でも、最初のうちは真相が隠されています。読者の眼には見えません。しかし、最後には謎が解明され、秘められていた真実が姿を現します。真実は絶対的なものでなければならない。それが探偵小説の法則です。ひとつしかない真実が明らかにされ、すべての意味が確定されてしまう世界と、秘密が暴かれてもなお、ふたつの意味が共存しつづける世界。探偵小説と絵探しでは、拠って立つ法則が異なっています。排斥し合うといっていいほど、両者は相容れません。

にもかかわらず乱歩は、絵探しに探偵趣味の出発点を見ていました。これはとても奇妙なことです。乱歩のいう探偵趣味は、本当にそう呼ばれるべきものだったのか。絵探しを起点としたその趣味は、探偵小説によく親和するものだったのか。そういった点を、乱歩作品にもとづきながら考えてみましょう。第一章で浮かんできた「絵探しに発したという探偵趣味は、乱歩作品にどんなふうに反映されているのか」という疑問へのアプローチ、最初の手がかりは「二銭銅貨」です。

「二銭銅貨」は暗号をモチーフにした小説です。一枚の二銭銅貨が貝合わせの貝のようにふたつにわかれ、内部の空洞から一枚の紙が出てくる。紙には文字が書かれている。「南無阿弥陀仏」という六字名号の連なりで、どの六文字にもどこかに欠字がある。それが暗号です。読者には意味不明な文字の羅列でしかありませんが、作者がそれを盲人用の点字だと明かした瞬間、枯れ枝がいきなり人の顔に変じたように、六字名号は六字名号のまま、黒い丸を組み合わせた点字に姿を変えてしまいます。ここにはまさしく絵探しの醍醐味があります。

点字を判読すると、「ゴケンチヨーシヨージキドー」に始まる日本文が浮かびあがります。暗号は解読されました。ところが「二銭銅貨」は、これだけでは終わりません。判読された日本文を八文字ずつ飛ばして読むことで、乱歩はさらに「ゴジヤウダン」という六文字を際立たせます。暗号は二重の解をもっていました。読者を驚嘆させるこのからくりによって、しかし「二銭銅貨」は、探偵小説の世界から逸脱してしまうことになります。

エドガー・ポーの「黄金虫」と比較してみましょう。これもまた暗号を取り扱った小説ですが、用意されている解はひとつだけです。暗号は論理的に解読され、解かれたあとでその意味が揺らぐことはありません。暗号は合理の枠内にとどまり、作品は探偵小説の規範に収まっています。いっぽう乱歩は、「二銭銅貨」の暗号をいったん論理的に読み解きながら、八文字ずつ飛ばして読むことで確定性を放棄してしまいました。ご冗談という言葉を裏づける小道具としておもちゃの紙幣が登場し、作品内のつじつまは合っているものの、ふたつめの解は作品外の何者にも支えられていません。

「黄金虫」の暗号は、英文でもっとも多用される文字は「e」である、といった現実の法則に立脚して創作されています。「二銭銅貨」の暗号も、点字「⠾」は「モ」を意味するという実際のルールに準拠したうえで、その点字を「弥陀仏無阿」に見立てる創意によって成立しています。ところが、八文字ずつ飛ばし読みするという解読方法は、どんな合理にも論理にももとづいていません。作中の語り手が、つまりは作者がそう読ませたというだけの話で、「ゴジヤウダン」という解が客観的で確定的な真実であるという保証は、「二銭銅貨」のどこを探しても見つけ出すことができません。かりに十文字ずつ飛ばして読んでみても、暗号は新たな解を示すことになるのかもしれません。

ここに逸脱があります。六字名号が点字に姿を変えた絵探しの驚きを再現するために、乱歩は暗号にふたつめの意味を与えました。そのことによって「二銭銅貨」は、暗号を扱った小説としては無類の妙味を獲得しましたが、探偵小説を支える法則からは逸脱してしまいました。絶対的な真実が存在する探偵小説の世界から、確定性を放棄した絵探しの世界へ、「二銭銅貨」は奇妙な横滑りを見せています。

「一枚の切符」の反転

決定的な証拠が示されない曖昧さは、探偵小説としての乱歩作品に影のようにつきまとっている特徴です。光文社文庫版乱歩全集『屋根裏の散歩者』の解説「まさしく珠玉の初期短編群」で、山前譲さんが「D坂の殺人事件」にふれて、「名探偵であるという明智が述べているから信じてしまうのだが、必ずしも決定的な証拠があるわけではない」と指摘しているのと同じ傾向は、少なからぬ数の乱歩の短篇に共通しています。大正十二年に発表された残り二作品でも、解釈次第でどうにでもなってしまう曖昧さ、確定性を無視することで生じる割り切れなさが、読者をひどく戸惑わせます。

「二銭銅貨」から三か月遅れて、「新青年」の大正十二年七月号に掲載された「一枚の切符」。鉄道事故でひとりの人間が死亡します。その死は、当初は自殺とされ、ついで自殺に見せかけた他殺とされ、最後には自殺に見せかけた他殺に見せかけた自殺であったと結論されます。これが梗概です。梗概というにはあまりにも大雑把ですが、絵探しの妙はこれに尽きています。「二銭銅貨」の場合は、六字名号が点字に、点字が日本文に、その日本文が別の日本文に、といったぐあいに絵は直線的に意味を変えてゆきましたが、「一枚の切符」の絵は、自殺と他殺、相反するふたつの意味のあいだで反転しつづけます。

鉄道事故という一枚の絵。それは、残された手がかりや状況証拠をどう解釈するかによって、頼りなく意味を変化させます。自殺から他殺へ一転し、他殺から自殺へもう一転して、ひとまず解釈は打ち切られますが、これを継続させることはいくらだって可能でしょう。あれは自殺だった、と思っていたらじつは自殺に見せかけた他殺だった、というのはまちがいで本当は自殺に見せかけた他殺に見せかけた自殺だった、と見えたけれども実際には自殺に見せかけた他殺に見せかけた自殺に見せかけた他殺であって、ところが真実は自殺に見せかけた他殺に見せかけた自殺に見せかけた他殺に見せかけた自殺ということになって安心していたらまだつづきがあり、自殺に見せかけた他殺に見せかけた自殺に見せかけた他殺に見せかけた自殺に見せかけた他殺であったと思ったら……

とどまるところを知りません。ここまでやるとほとんどコントで、実際に往年のてんぷくトリオが演じたら爆笑ものの舞台になったことでしょう。やたら凄みを利かせたがる刑事が三波伸介、ばか殿様みたいに主体性のない鑑識課員が戸塚睦夫、眼に偏執狂めいた光をたたえた探偵が伊東四朗。そんな配役で、刑事は他殺説を、探偵は自殺説を主張して互いに譲りませんが、鑑識課員が持ち出してくる証拠が他殺説に有利だと思ったら次は自殺説に有利、他殺説を補強する手がかりが出てきたと思ったら今度は自殺説を補強する手がかり、と状況が猫の眼のように変化して、そのたびに刑事が尊大になったり卑屈になったり、探偵が身を竦めたり肩を聳やかしたり、観客が笑い転げること請け合いです。

「一枚の切符」の真実や真相には、コントのような軽さしか与えられていません。刑事の他殺説を覆した左右田五郎という探偵役の青年は、「然し、君がこれ程優れた探偵であろうとは思わなかったよ」という友人の言葉に対して、こんな答えを返しています。

「その探偵という言葉を、空想家と訂正して呉れ給え。実際僕の空想はどこまでとっ馳るか分らないんだ。例えば、若しあの嫌疑者が、僕の崇拝する大学者でなかったとしたら、富田博士その人が夫人を殺した罪人であるということですらも、空想したかも知れないんだ。そして、僕自身が最も有力な証拠として提供した所のものを、片ッ端から否定してしまったかも知れないんだ。君、これが分るかい、僕が誠しやかに並べ立てた証拠というのは、よく考えて見ると、悉くそうでない、他の場合をも想像することが出来る様な、曖昧なものばかりだぜ。唯だ一つ確実性を持っているのは、例のPL商会の切符だが、あれだってだ、例えば、問題の石塊の下から拾ったのではなく、その石のそばから拾ったとしたらどうだ」

鉄道事故は他殺であったかもしれない。自殺であるという結論は曖昧な証拠によってしか支えられておらず、そればかりか、唯一確実な証拠がじつは捏造されたものであるという可能性さえある。左右田はそう指摘して、確定したはずの絵の意味をふたたび不確定性の靄で包み込んでしまいます。左右田の仄めかしを受けた読者は、左右田が言外に匂わせた事実こそが真実であると了解することになりますが、左右田はなぜ、真実をあえて曲解するような真似をしたのか。

犯人と目されていた人物を救うために、というのが左右田の言ですが、左右田が求めていたのは探偵として真実を究明することではなく、空想家として解釈を愉しむこと、真実なるもののコントめいた軽さをもてあそぶことでした。「二銭銅貨」で暗号解読の確定性を放棄してしまったのと同様に、乱歩は真実の確定性をあっさり抛擲してしまい、一枚の絵に二重の意味を認めて解釈をもてあそぶことに熱中しています。

大正十一年の秋に同時進行で書きあげられた「二銭銅貨」と「一枚の切符」には、絵探しに発した探偵趣味がたしかに盛り込まれていました。ただしその探偵趣味は、探偵小説の世界に本来あるべき揺るぎない真実という概念を相対化してしまうものでした。乱歩は、不確定性、決定不能性、断定回避性といった要素を導入することで、みずからの作品を探偵小説の世界から逸脱させていました。

「恐ろしき錯誤」の妄想

「新青年」大正十二年十一月号の「恐ろしき錯誤」になると、探偵小説からの逸脱はいよいよ顕著になります。「一枚の切符」の左右田が空想家なら、「恐ろしき錯誤」の北川は妄想家と呼ぶしかない人物で、作者みずから「彼は一つ間違うと気違いになり兼ねぬ様な素質を多分に持っていた」と記しているほどです。読者は、作者公認の狂人がくりひろげる際限もない妄想につきあわされる羽目になります。

妄想の出発点は火災でした。隣家から出た火に類焼して北川の家も丸焼けになり、炎のなかで北川の愛妻は焼け死んでしまいます。妻の無意味な死を容認できない北川は、妻の生の尊厳を回復するべく妄想を肥大させます。眼の前に示された火事という一枚の絵。北川はそこに意味を見出そうとし、妻の不貞という物語を紡ぎ出して、それが真実であると確信します。決定的な証拠はありません。北川は妻を焼死させた男への復讐を果たすべく、あるトリックを弄して奸計を実行に移しますが、結局は本当に発狂してしまいます。作者は確定的な真実をいっさい明らかにしようとせず、読者はもどかしさのただなかに迷子のように放り出されてしまいます。
興味深いのは、乱歩が「恐ろしき錯誤」に自信を抱いていたという事実です。「一枚の切符」も自信作でした。桃源社版乱歩全集の「あとがき」で、自信のほどを確認してみましょう。まず「一枚の切符」。

やはり「二銭銅貨」の方がいろいろな意味で面白いので、この「一枚の切符」はその蔭に隠れてしまったが、書いたときには、私はこの二作に甲乙をつけていなかった。謎解きとしては「一枚の切符」の方が複雑で読みごたえがあるとさえ思っていた。

つづいて「恐ろしき錯誤」。

「二銭銅貨」と「一枚の切符」を「新青年」編集長森下雨村さんに送って好評だったので、気をよくして、大いに気負って書いた三番目の作品なのだが、私が小説家として未熟であることを暴露したような結果となり、森下さんに長いあいだ握りつぶされていて、大震災のあとの復活号にやっとのせられたものである。私はこの三番目の作で自分の力にあいそをつかし、一時は、もう小説を書くまいと思っていたのだが、その後、また強く督促を受けたので、つい「二癈人」「双生児」と書きつづけたわけである。

「二銭銅貨」より謎解きとして複雑で読みごたえがあると自負していた「一枚の切符」も、おおいに気負って書いた「恐ろしき錯誤」も、反響は乱歩を失望させるものでした。後世の評価はどうでしょうか。

平成二十年八月、岩波文庫に江戸川乱歩の作品集が登場したとき、乱歩短篇ゴールデンダズンなるものを調べてみました。乱歩歿後の個人アンソロジーに収録されることの多かった作品は何か、という調査です。個人アンソロジーというのは岩波文庫『江戸川乱歩短篇集』や新潮文庫『江戸川乱歩傑作選』などのことで、一作家一作品を収録したアンソロジーではありません。結果はのちほどご覧に入れますが、同時に人気のない作品も調べてみたところ、乱歩歿後の個人アンソロジーに一度も選ばれなかった短篇が十三作品ありました。ゴールデンならぬアンゴールデンな十三作、こんなリストになります。

乱歩短篇アンゴールデンサーティーン（発表順）

一枚の切符　大正十二年
恐ろしき錯誤　大正十二年
日記帳　大正十四年
算盤が恋を語る話　大正十四年

盗難　大正十四年
夢遊病者の死　大正十四年
指環　大正十四年
疑惑　大正十四年
接吻　大正十四年
覆面の舞踏者　大正十五年
モノグラム　大正十五年
地獄風景　昭和六年
火縄銃　昭和七年

「一枚の切符」にも「恐ろしき錯誤」にも、芳しい評価は与えられていません。妥当なところでしょう。「二銭銅貨」に始まる三作品を発表順に読み継ぐと、江戸川乱歩は全速力で探偵小説の世界から遠ざかっていた、という印象さえ抱かされてしまいます。三作目の「恐ろしき錯誤」に至って、乱歩作品の非探偵小説性は残りなく明らかになったように見えます。読者の前にくりひろげられているのは、終幕に至って揺るぎない真実のもとに安定する探偵小説の世界ではなく、むしろそれをあざ笑うかのような絵探しの世界でした。

探偵趣味と小説作法

大正十三年、江戸川乱歩は「新青年」に二篇の短篇を発表します。

六月号の「二癈人」は、乱歩短篇ゴールデンダズンにも名を連ねている佳品ですが、乱歩はここでも霧のような曖昧さで作品を覆っています。青島の戦役で「見るも無惨に傷いた顔面」になった男の正体が誰であるのか、他人の顔になってしまう前の本当の顔はどんな顔であったのか。仄めかしはあるものの、決定的な明確さを最後まで示さないまま小説は終わってしまいます。

十月号には「双生児」が掲載されました。「ある死刑囚が教誨師にうちあけた話」という副題のとおり、死刑囚が誰にも知られていなかった犯罪を一人称で告白する内容ですから、曖昧さや割り切れなさはありません。隠されていた犯行のすべてが打ち明けられ、秘められていた真実は相貌をあらわにします。

「二銭銅貨」に始まる五作品にかぎっていえば、作中で真実が揺らぎなく語られているのは、五作目の「双生児」だけということになります。「二銭銅貨」では、語り手が暗号の解を真実であるとする主張そのものには揺らぎがありませんが、その主張には実証性という支えがありませんでした。五作のうちでは、「二銭銅貨」と「双生児」の二作品が私という一人称で語られている、という事実も指摘しておきましょう。

デビュー以来の五作品に変奏されながら描かれていたのは、真実というものの不安定さでした。真実はもともと相対的なものでしかなく、それゆえ一人称でしか語ることができない。乱歩は低い声で、そんなことを呟いているように見えます。「二銭銅貨」から「双生児」に至る五作品に表明されているのは、真実や確定性に対する根源的な疑問の念、あるいは、真実が確定されてしまうことに対する理由の知れない違和感であるといえます。それは、単なる小説技法の問題ではなく、乱歩個人の作家的本質にかかわる問題、やや誇大にいえば世界観の問題にほかなりません。

江戸川乱歩が惹かれ、そこに立つことを念願していた世界。それは、ひとつの絵柄が枯れ枝でもあり人の顔でもある絵探しの世界でした。眼前の光景がある瞬間、それまでとはまったくちがった意味をもって迫ってくる二重性への渇望を、隠されているはずのもうひとつの世界への憧憬を、大正十五年八月のその名も「今一つの世界」というエッセイで、乱歩はこんなふうに語っています。

またしても同じ女房の顔、同じちゃぶ台、珍らしくもない米の飯、この部屋の次にはあの部屋があって、あの部屋の次には応接間、そこのシャンデリヤも、テーブルかけも、絨毯も、花生けも、それから又、会社に出勤すれば、見なれたデスク、見なれた同僚、十年一日の如く金儲け、金儲け、この世は、まあ何と退屈な、極りきった、感激のない世界でしょう。

ここにもし、それらのものとは全く違った、全く目新しい、「今一つの世界」があって、魔法使いの呪文か何かで、パッと、それが我々の目の前に現れたなら、そして、例えば龍宮へ行った浦島太郎のように、その世界で生活することが出来たなら、我々はまあどんなに楽しく生甲斐のあることでしょう。

乱歩が何より欲しかったのは、眼前の世界を別世界に変えてしまう魔法つかいの呪文でした。いま眼の前にひろがっている、ありふれて決まりきった、くすんだような、どこにも心躍るところのない、退屈きわまりない日常。これが自分の生きている世界であっていいものかという嘆きが、乱歩を深く捉えていました。嘆きはむろん、乱歩作品の登場人物のものでもあります。たとえば、「新青年」大正十四年八月増刊号の「屋根裏の散歩者」。「屋根裏の散歩者」は、「どんな遊びも、どんな職業も、何をやって見ても、一向この世が面白くないのでした」という郷田三郎が、天井裏の散歩によって退屈なこの世にいまひとつの世界を垣間見る話、天井から他人の秘密を隙見することで、下宿の室内というありふれた空間を心躍る別世界に変えてしまう物語ですが、絵探しに発した探偵趣味は、この作品のどこに反映されているのか。天井の節穴から毒液を垂らして密室殺人を成功させる、というとってつけたようなトリックではありません。郷田三郎が体現しているいまひとつの世界へのやみがたい憧れ。そこにこそ、乱歩の探偵趣味は切実な希求として反映され、読者の心に共犯者めく共鳴を呼び醒ましながら息づいていました。

「屋根裏の散歩者」が書かれたのは大正十四年六月のことで、「恐ろしき錯誤」の脱稿から二年後にあたります。この二年のあいだに、乱歩の小説作法にはある修正が加えられました。独自の探偵趣味を探偵小説に親和させるため、「屋根裏の散歩者」がそうであったように、乱歩はトリックと探偵趣味とを分離する手法を身につけました。手始めは「双生児」です。この作品では裏返しになった指紋というトリックが使用されていますが、「探偵小説十年」に述べられているとおり、それは「ホンのつけたり」で、「鏡にうつる自分の顔と全く同じものが、生きて動いている怖さ」を描くことが乱歩の主眼でした。乱歩の探偵趣味は、二重身がもたらす恐怖として、くっきりした輪郭を与えられました。探偵趣味を探偵小説の布置や興趣とは別のものとして、探偵小説という形式を破綻させかねない何かしら過剰なものとして、作品内に忍び込ませる。それが乱歩の手法でした。

二重性の影

発表されたのは「新青年」の大正十四年一月増刊号でしたが、「双生児」につづく六作目、「D坂の殺人事件」も十三年に執筆された作品です。殺人事件をめぐる謎とその解決という探偵小説の正統的なパターンを踏襲し、明智小五郎という個性的な素人探偵の登場も手伝って、探偵小説ファンの好評に迎えられました。江戸川乱歩という新人作家の名をさらに高めた作品、といっていいかもしれません。

むろん厳密には、山前譲さんの「必ずしも決定的な証拠があるわけではない」という苦言を否定することはできず、その意味では「二銭銅貨」と同質の安定でしかないのですが、結末は一応の安定を獲得していて、曖昧さ、割り切れなさ、もどかしさを感じさせることはありません。障子の格子越しに見えた着物の色は黒か白か、目撃証言の矛盾が絵探しの世界を暗示しますが、じきに錯覚という名の中和剤が効果を発揮します。明智小五郎もまた、犯人か探偵かという二重性を帯びた存在として描かれますが、最後には探偵という意味が確定されることになります。

登場時の二重性からも明らかなように、明智小五郎は絵探しの世界に生まれた名探偵でした。大正十五年十二月から翌昭和二年二月まで「東京朝日新聞」と「大阪朝日新聞」に連載された「一寸法師」の終幕では、明智はまるで「一枚の切符」の左右田のように、真実を捏造して犯罪者を救ったことを仄めかしています。

「例えばだね、小松の絞め殺されていることが、キューピー人形を毀すまでもなく、前もって僕に分っていたのかも知れない。そして、悔悟した三千子さんを救う為に、死にかかっている一寸法師をくどき落して、うその告白をさせる……巧に仕組まれた一場のお芝居。という様なことは全く考えられないだろうか。分るかい。……罪の転嫁。……場合によっちゃ悪いことではない。殊に三千子さんの様な美しい存在をこの世からなくしない為にはね。あの人は君、全く悔悟しているのだよ」

明智小五郎は二重性の影を色濃く曳いていました。しかし、やがて絵探しの世界から探偵小説の世界へ移動してゆき、乱歩の探偵趣味を検閲する超自我のような存在になって、乱歩作品に確乎たる場を占めます。乱歩は絵探しの二重性を体現した怪人二十面相を創造し、少年ものの世界で明智に対置させて検閲の息苦しさから逃れることを図りますが、それはまだ先の話。大正十四年のＤ坂に戻ります。

名探偵のデビュー作という特権的な位置にあることも相俟って、「D坂の殺人事件」は後世の評価もなかなかのものです。乱歩短篇ゴールデンダズンにも、もちろん名前があがっています。リストをご覧いただきましょう。

乱歩短篇ゴールデンダズン（収録回数順）

押絵と旅する男	十四回
人間椅子	十三回
心理試験	十二回
屋根裏の散歩者	十回
鏡地獄	十回
二銭銅貨	九回
芋虫	九回
D坂の殺人事件	八回
目羅博士	七回
防空壕	七回
赤い部屋	六回

いずれも一般的には探偵小説と見做されているはずですが、実際のところはどうでしょう。もっとも人気の高い「押絵と旅する男」は、探偵小説が拠って立つべき合理主義を無視しているという点だけから考えても、探偵小説ではありません。ただしこの作品は、望遠鏡を通して垣間見た一枚の絵を探し求める男の物語ですから、文字どおり絵探しを題材にした小説だといえます。乱歩作品に顕著なレンズ嗜好症の傾向も、絵探しの世界への眷恋を如実に物語るものです。

二番人気の「人間椅子」はどうか。これもまた、純粋な探偵小説と呼ぶことはできません。面白いのは作品の発想そのものが絵探しだったことで、昭和四年七月の「楽屋噺」に乱歩はこう書いています。

夏のことで、二階の部屋で、籐椅子に凭れて、目の前に置かれた、もう一つの籐椅子を睨んで、ボンヤリしていた。そして口の中で『椅子』『椅子』と繰り返している内に、ふと、椅子の形と人間のしゃがんだ格好と似ているなと思い、大きな肘掛椅子なら人間が這入れる。応接間の椅子の中に人間が潜んでいて、その上に男や女が腰をかけたら怖いだろうなという風に考えて行ったのです。

乱歩は、「何気なき風景画の中から、ボーッと浮かび上つて来る巨人の顔」を見つけたときのように、何気なき肘掛椅子からぼーっと浮かびあがってくる人間の姿を発見しました。まさに絵探しの発想です。怖いだろうな、と恐怖を基軸に作品を肉づけしてゆく構成法も、少なくとも探偵小説のそれではありません。

「人間椅子」はアンソロジーピースとして需要が多く、今年一月に出た沢木耕太郎さん編の『右か、左か』にも採られていますが、沢木さんは「あとがき――右か、左か」で、「一応の決着はつくが、しばらくして考えはじめると、読者は無限の「右か、左か」の連鎖にとらわれていくようになる。どこまでが本当で、どこまでが嘘なのだろうか」との疑問を表明しています。「人間椅子」は乱歩作品特有の曖昧さ、割り切れなさ、もどかしさには縁がなく、きれいに落ちていると見える作品ですが、その結末にもまた、反転しつづけるふたつの意味を読み取ることが可能だということでしょう。

絵探しの世界に発した探偵趣味は、思いのほか多くの乱歩作品にうかがうことができます。それは、探偵小説を成立させる要素や条件と直接は関係のないところに、探偵小説の文法からいえば何かしら過剰なものとして息づき、乱歩自身の憧れを反映して読者を魅了します。トリックが暴かれ、謎が解かれ、小説の構造がすっかり剝き出しになってしまったあとも、乱歩の探偵趣味そのものは読者の記憶に色褪せることなく生きつづけます。

そうした探偵趣味が、乱歩短篇ゴールデンダズンの十二篇に、あるいはそれ以外の作品に、どう投影されているのか。その作品は、はたして探偵小説と呼べるものなのか。そういった吟味はお任せすることにしておきますが、乱歩自身は昭和二十五年五月の「『抜打座談会』を評す」で、「人間椅子」「鏡地獄」は怪奇小説、「押絵と旅する男」「パノラマ島奇談」は幻想小説、「虫」は犯罪小説、とカテゴライズしています。

かりそめの器

江戸川乱歩にとって探偵小説は、結局、かりそめの器でした。それこそが探偵趣味であると信じる興趣や感覚を盈たすための器として、乱歩は探偵小説に向き合いました。乱歩の探偵趣味は、世界に秘密が隠されていることを前提とし、秘密の発見がもたらす驚愕や恐怖を本質としたものでしたが、探偵小説の規範に照らせば、それらはあくまでも作品の従属物であり、単なる構成要素にしかすぎません。

三島由紀夫は昭和三十五年の「推理小説批判」で、エラリー・クイーンの「Yの悲劇」を槍玉にあげ、「犯人以外の人物にいろいろ性格描写らしきものが施されながら、最後に犯人がわかつてしまふと、彼らがいかにも不用な余計な人物であつたといふ感じがするのがつまらない」との不満を洩らしましたが、謎が解かれて真相が明らかになったとき、驚愕や恐怖といった彩りは不用で余計、とまではいえなくても、作品を成立させるために奉仕していたという従属性を露呈してしまい、つまらなさを感じさせます。

江戸川乱歩の小説作法では、従属関係は完全に逆転していました。驚愕や恐怖こそが主眼であり、目的であり、探偵小説はそれを成立させるための手段にしかすぎません。「新青年」大正十五年十月号から翌昭和二年四月号まで連載された「パノラマ島奇談」一作を見るだけで、逆転は容易に理解されることでしょう。自分そっくりの他人になりすます、という童話めいたトリックを足がかりに筋立てを整えたあと、乱歩はユートピアの建設を描いて探偵趣味を横溢させます。澁澤龍彥が昭和四十九年の「江戸川乱歩『パノラマ島奇談』解説」で、「おそらく、乱歩がいちばん描きたかったのは、このような大小さまざまなユートピアの夢想であって、煩雑な探偵小説としての筋やトリックではなかったはずなのだ」と断じたとおり、筋やトリックを素材としていまひとつの世界を夢想すること、探偵小説という手段によって探偵趣味に輪郭を与えること、乱歩はそれを実現しました。

とはいうものの、乱歩自身には、そうした自覚はなかったはずです。みずからが考える探偵趣味との親和性を疑うことなく、それを表現できる唯一無二の器と信じて、乱歩は探偵小説という形式に執着しつづけます。とくに戦後は、創作力の枯渇に呼応するように、トリックという魔法つかいの呪文によって探偵小説という黄金の器を呼び出そうとでもするかのように、探偵小説の研究やトリックの分類にのめり込みます。昭和二十六年五月に刊行された『幻影城』は、そうした探偵小説研究の輝かしい里程標となる評論集でした。

しかし、分類や批評を本分とする客観的な研究者として、主観的な探偵趣味から離れて探偵小説の世界に立ったとき、乱歩は絵探しの世界から完全に自由であったのかどうか。

『幻影城』の巻頭には「探偵小説の定義と類別」が収められています。およそこの国で探偵小説を愛好する人間であれば、必ず一度は眼を通しているはずの評論です。とくに著名なのは探偵小説の定義で、昭和十年十一月に発表したものに手を加え、決定版とした文章が収録されています。

　探偵小説とは、主として犯罪に関する難解な秘密が、論理的に、徐々に解かれて行く経路の面白さを主眼とする文学である。

あらためて読んでみると、やや不可解な点があることに気づかされます。どうもひっかかる。釈然としない。腑に落ちない。どこが不可解なのか。「難解な秘密」というフレーズです。これは、とても据わりの悪い日本語です。

秘密とは何か。大辞林には、「隠して人に知らせないこと。公開しないこと。また、その事柄」、「人に知られないようにこっそりすること」などとあります。ある状態を表す言葉です。秘密そのものには、難易の差など存在しません。乱歩のいう難解な秘密とは、正確にいえば、難解な謎によって隠された秘密、といったことになるはずです。難解な秘密という表現は、日本語としてまちがっているとまではいえませんが、据わりの悪いものであることはたしかです。

定義につづく解説で、乱歩はこんなことを説いています。

（1）先ず、そこには小説の全体を貫くような秘密がなければならない。犯人が誰かという秘密でもよい。犯罪手段の秘密でもよい。或は又犯罪動機の秘密でもよい。英米では近年「動機」を探す探偵小説というものが色々書かれている。更らに一歩進んで「被害者」を探す小説さえも案出された。これらは犯罪に関する秘密であるが、その秘密は犯罪などには少しも関係ないものであっても無論差支ない。原則としては何らかの謎さえあればよいのである。

秘密が六回連続して使用され、最後に謎が登場します。乱歩がどんな基準で秘密と謎をつかいわけていたのかは不明ですが、謎を七回つづけておいたほうが、通りはずっとよかったでしょう。乱歩はなぜか、秘密を重視しています。秘密にこだわり、秘密にひきずられている。そんな印象があります。

謎ではなく秘密

『幻影城』巻頭の定義は、戦前から戦後にかけて、十五年がかりで完成されたものです。メートル原器のような厳密性と普遍性とを与えるべく、練りに練り、吟味を重ね、一字一句ゆるがせにすることなく、あたかも法律の条文のようにして書きあげられているはずです。そこになぜ、難解な秘密、という据わりの悪い表現が用いられているのか。

探偵小説の定義の一例を、手近なところから拾ってみます。今年一月に出版された北村薫さんの『自分だけの一冊』。北村さんは、「わたしは本格ミステリが好きです。本格の定義は？　――と聞かれると、わたしにとっては《魅力的な謎が魅力的に解かれるもの》と答えます。島田荘司さんは《不可解な謎が合理的に解かれる》のが本格だとおっしゃっています」と書いています。

探偵小説、最近の言葉でいえばミステリ小説は、まさしくミステリ、謎を核にした小説です。その定義に謎という言葉が出てくるのは当然のことで、それに比べると秘密という言葉は、やはりどうにもそぐわない。ところが江戸川乱歩は、謎ではなく秘密という言葉で探偵小説を規定しようとしました。

もちろん乱歩は、謎という言葉も頻繁に使用しています。たとえば昭和二十一年九月の「推理小説随想」。乱歩は冒頭にこう述べます。

探偵小説という言葉は、日本では少し広い意味に使われすぎていて、本来の探偵小説とか本格探偵小説とか余計な形容詞をつけて、そうでない作風と区別する慣わしになっているが、本来の謎と論理の興味を主眼とする探偵小説を「推理小説」と呼べば、そういう面倒が省け、意味もハッキリして来るのではないかと思う。

探偵小説は本来、謎と論理の興味を主眼とするものである。乱歩はそう明言しています。翌二十二年二月の「一人の芭蕉の問題」には、こんな断言も見られます。

探偵小説に求むる所のものは普通文学に求め得ない所のものである。これを仮りに謎と論理の興味と名づける。探偵小説に求むる所は謎と論理の興味であって、人生の諸相そのものではない。探偵小説にも人生がなくてはならない。しかしそれは謎と論理の興味を妨げない範囲に於てである。

探偵小説ファンが探偵小説に求めるものは、乱歩が記しているとおり、謎と論理の興味にほかなりません。与えられた謎を論理的に解明し、隠されていた真実を揺るぎなく明らかにする。探偵趣味とは、そうした妙味や醍醐味を意味する言葉であるはずです。しかし乱歩は、謎ではなく秘密にこだわり、ひきずられていました。

絵探しのことが思い出されます。乱歩は、枯れ枝に人の顔が隠れているという「この秘密の発見が、私をギヨッとさせ、同時に狂喜せしめた」といいます。絵に隠された秘密を探し出すことが、幼い乱歩を夢中にさせました。秘密、何よりも秘密。乱歩は秘密の発見に心を躍らせました。そしてあるとき、絵探しの面白さには「ドイルや、殊にチエスタトンを読んだ時の驚きと喜びに、どこか似たところがあつた」、そう思い当たります。

それは乱歩の錯覚だった、というべきでしょう。見てきたとおり、絵探しと探偵小説は似て非なるものでした。もたらされるのは同じく驚きと喜びであったとしても、絵探しと探偵小説では拠って立つ法則が異なっていました。したがって、ふたつの世界を同質と見做した乱歩にとって、探偵趣味は二重の意味を帯びたものにならざるを得ません。

探偵趣味とは謎と論理の興味である、と乱歩は明言していました。それは探偵小説の世界の法則です。ならば、二重性の片側、絵探しの世界の法則はどうでしょう。乱歩作品にもとづいて判断するかぎり、探偵趣味とは秘密と官能の興味である、ということになるはずです。ですから乱歩には、秘密と官能に惹かれてしまう作家的本質を、謎と論理で統べられた探偵小説という形式に親和させることが要請されました。謎と論理で構成されたかりそめの器に、本来過剰な要素である秘密と官能を盛り込むこと。乱歩はそれに挑みました。そして、探偵趣味の二重性が乱歩の筆で危うい均衡を保ったとき、乱歩にしか描けない別世界の消息は、後ろ暗いようなはるかな懐かしさを帯びながら、秘密と官能のリアルを息苦しいほどありありと伝えることに成功しました。それが乱歩の探偵小説でした。

それにしても、江戸川乱歩はなぜ、よりにもよって、探偵小説を定義するという一世一代の大仕事で、謎ではなく秘密という言葉を用いてしまったのか。何かしら錯覚と呼ばれてしかるべきものが、乱歩を絵探しの世界に引き戻していたとしか考えられません。これは文字どおり内面の秘密に属する問題で、その謎を解くのは誰にも不可能だと思われますが、こんなふうに考えることはできるはずです。「私の探偵趣味は「絵探し」からはじまる」という乱歩の告白は、まぎれもない真実だったのである、と。

第三章　黒岩涙香に始まる

人嫌いから社交家へ

　ふたつめの疑問は、「乱歩はどうして自伝の執筆を始めなければならなかったのか」というものでした。

「新青年」から短い回想記を依頼されたのをきっかけに、江戸川乱歩は自伝の執筆を決意しました。起筆は昭和二十四年の夏。いまだ戦後の激動や混乱がつづいている時代で、乱歩の身辺には堰を切ったような探偵小説ブームも押し寄せていました。自伝の執筆には不向きな環境と見えるのですが、乱歩はなぜ、戦後まもない時期、自伝の執筆を始めなければならなかったのか。それを考えるためには、乱歩の戦後を確認することが必要になります。

　戦後の乱歩は、まるで人が変わったようだ、と評されました。戦前の人嫌いが、戦後は社交家に一変しました。本人もそれを認めていて、理由まで明かしています。たとえば、昭和三十一年十一月の「酒とドキドキ」。

戦争で酒に慣れ、人に慣れた。まず隣組というもので人に慣れ、町会や警防団や区の翼壮などの役員で人前に出ることに慣れ、それからみんなと呑んで騒ぐことに慣れた。五十をすぎて、やっとそこまで来たのである。

翌三十二年一月の「好人病」にも、「昔の厭人病者が好人病者に変った」とあります。町内会のつきあいや、わけても酒に慣れたことで、人嫌いが治ってしまった。乱歩はそういいます。真に受ける読者は少ないかもしれません。自宅を訪ねてくれた宇野浩二に居留守をつかったほどの人嫌いが、それほど簡単に、好人病に一転するものかどうか。

乱歩の説明には、本末の転倒が見られるようです。社交や酒が人嫌いを治したのではなく、人嫌いではなくなったから、結果として、つきあいや酒席が苦にならなくなった。実際はそういったところでしょう。少なくとも専業作家として立つ以前、大阪時代の乱歩は、けっして人嫌いではありませんでした。大阪毎日新聞社に営業部員として勤務し、同好の士を募って探偵趣味の会を発足させた乱歩には、むしろ社交好きな行動派という印象が躍如としています。乱歩の人嫌いは東京転居後、急速に忍び寄ってきたものでした。

大正十五年一月、東京に居を構えた江戸川乱歩は、月刊誌、旬刊誌、週刊誌、三本の連載を抱える人気作家として新しい生活を始めました。しかしすぐ行き詰まり、どの作品もしばしば休載、ときに伊豆の温泉に雲隠れすることまであって、宇野浩二が訪ねてきたのもそうした逃避の旅から帰宅した直後のことでした。勇躍上京したというのに、作家生活は思ってもいなかった惨状を呈しました。それでも原稿依頼は舞い込み、十二月には初の新聞連載「一寸法師」の執筆を開始、翌昭和二年二月に連載は終わりましたが、乱歩はとうとう音をあげました。自作を恥じ、自己を嫌悪し、人間を憎悪し、ぺしゃんこになって、三月のある日、休筆を宣言して放浪の旅に出てしまいます。

「はじめ二、三年短篇を書いているあいだはまだよかったが、それから『朝日新聞』に『一寸法師』のようなものを書きだすようになってからイケなかった。はずかしくてはずかしくて、とても人とまともに顔をあわせちゃいられなかった」と乱歩は昭和三十三年九月、開高健のインタビューに答えて振り返っています。「書いてる原稿用紙をワッと手でかくしてしまいたいような気持でね、それが厭人主義になったんです」

江戸川乱歩の人嫌いは、自作にまつわる羞恥に比例して深刻の度を深めました。一年あまりの休筆ののち、昭和三年の「陰獣」でセンセーショナルに復帰した乱歩は、翌四年には連載も再開、もともと息の短い短篇作家という自覚があったのですが、大日本雄弁会講談社の雑誌に執筆した長篇が熱狂的な人気を集め、「蜘蛛男」「魔術師」「黄金仮面」といった一連の作品で、大衆小説界の花形作家に一気に昇りつめました。とはいえ、昭和七年の「探偵小説十年」には、「「蜘蛛男」以来、私は或は口頭で、或は手紙で、それはお話にならぬ程、烈しい非難を受けつづけて来た。私の友人達は例外なく私を軽蔑した」との告白が見られます。売文主義に走って通俗的な長篇を量産することの自己嫌悪は、制御しがたい厭人癖となって乱歩を支配し、乱歩はふさぎの虫に取り憑かれてしまいました。

したがって、小説を書かない生活が訪れれば、乱歩の人嫌いは霧消してしまいます。昭和十五年三月、戦前最後の長篇「幽鬼の塔」の連載が終了すると、ルーティンワークは少年ものだけになりました。探偵小説が求められる時代ではなくなっていました。乱歩は、「吾妻鏡」「玉葉」「明月記」などの古典で無聊を慰め、十六年四月には『貼雑年譜』を作成するなど、九年七月に転居した豊島区池袋三丁目一六二六番地の自宅で小説を書かない毎日を余儀なくされます。昼夜逆転した生活を送り、近所づきあいなど及びもつかない明け暮れでしたが、戦争遂行へ向けて急傾斜を滑り落ちてゆくような時局にじっとしていることができず、十六年の秋ごろ、池袋丸山町会第十六隣組の常会に顔を出しました。

隣組は国民統制のための末端機構で、町内会の下部組織として昭和十五年に制度化されました。初めて出席した会合で隣組防空群長を引き受けた乱歩は、家族を驚かせるほどの変貌を見せて職務に精励し、町会役員のおぼえめでたく防空指導員に任じられたほか、十七年七月には町会副会長に出世、十八年五月に結成された帝都豊島区翼賛壮年団にも加わって、夏には副団長に昇任しました。乱歩は早起きになり、健康になって、厭人癖もいつか消えていました。

江戸川乱歩の人嫌いを治したのは、ひとことでいえば、小説を書かない生活でした。小説を書かなくてもいい生活。それが乱歩を変貌させました。いたたまれないほどの羞恥、自己嫌悪、さらには人間憎悪までおぼえさせ、醜貌恐怖のように乱歩を苛んでいたふさぎの虫は、憑きものが落ちたように姿を消していました。

「まァこのごろは少しそいつが治まって酒もいくらか飲めるし、人とも話ができるようになって、自分では楽しいんですがね」と乱歩は、自身の厭人癖について開高健に語っています。「だけどあんまり楽になると作品が書けなくなるということもあるから、よし悪しというようなもんですが、とにかくありがたいことはありがたい」

小説を書けない日々

江戸川乱歩の戦後は、小説を書けない日々として始まりました。時局による禁圧がなくなり、探偵小説を思うまま書ける時代が訪れたにもかかわらず、探偵小説を書けない毎日。むろん執筆意欲はあり、これは新保博久さんから教えていただいたことですが、昭和二十一年十月二十九日付横溝正史宛書簡では、「長篇にはいよ〳〵とりかゝらうとしてゐます。慌てるなといふ気持です。往年こりてゐるので」と満を持している状況が報告されています。しかし、その長篇が日の目を見ることはありませんでした。「新青年」の二十四年十月号、連載が始まった「探偵小説三十年」の「はしがき」には、「私はまだ小説を書くことを諦めたわけではないのだから」との表明が見られます。まだ諦めたわけではない。乱歩は言外に、ほぼ諦めたと告白しています。

それが乱歩の戦後でした。昭和二十年八月十五日、乱歩は福島県伊達郡保原村の疎開先で、ラジオから流れる終戦の詔勅に接しました。昭和天皇の声はよく聴き取れませんでしたが、あとの放送や新聞で事情が判明し、占領軍の方針が温和であることも伝えられてきて、探偵小説はすぐに復活する、と乱歩は直感します。探偵小説の本場アメリカが占領したのだから、探偵小説は必ず盛んになる。

乱歩がまず考えたのは、探偵小説専門誌の創刊でした。昭和二十年十一月上旬、疎開先から池袋の家に帰った乱歩のもとには、月末あたりから出版社が多く訪れるようになりました。前田出版社という新興出版社からは、乱歩を主幹として新しく雑誌を発行したいという話が持ち込まれ、乱歩は「Ellery Queen's Mystery Magazine」のむこうを張った「江戸川乱歩・ミステリー・ブック」を発案、「黄金虫」という誌名で発刊することを企画しましたが、出版社の実力を懸念して金銭面でシビアな条件を出したため、翌二十一年一月二十三日、不調に終わりました。とはいえ二十一年には、「ロック」「宝石」「トップ」「ぷろふいる」「探偵よみもの」といった探偵小説専門誌が競うように創刊され、探偵小説が一躍ブームの様相を呈してきて、執筆の舞台は一挙に数を増しました。

執筆といっても、実作はすっぽり抜け落ちています。評論や随筆には盛んに筆をふるうものの、創作は手つかずでした。昭和二十一年六月、探偵小説関係者の研究と親睦を目的に土曜会を結成、二十二年二月、みずから謄写版の原紙を切り、「土曜会通信」を創刊、六月二十一日、探偵作家クラブが発足し、会長に就任。探偵小説復興のための多忙な日々が過ぎましたが、そのせいで創作がお留守になったわけではなく、小説が書けなかったからそうした活動ばかりが目立つ結果になったということでしょう。

探偵小説復興のためには、明確な方向性を定めることが必要でした。乱歩は、この国にも英米風の本格的な長篇探偵小説が登場すべきだと考え、訴えます。しかしそれには、売文主義に走った戦前の作品を否定することが要請されました。昭和二十一年九月の「グルーサムとセンジュアリティ」で、乱歩は冒頭にこう宣言します。

戦争前「エロ・グロ」という言葉が流行し、私の探偵小説もその代表的なるものの一つとして、心ある向きより非難攻撃をあびせられていた。私は必ずしも態と時流に迎合したわけではないが、少くとも、子供なども読む程度の低い大衆娯楽雑誌にセンジュアル且つグルーサムな探偵小説を書いたことは非常にいけなかったと悔んでいる。今後はそういうあやまちを再び繰返さないつもりである。

江戸川乱歩は、いってみれば前非を悔いることから始めなければなりませんでした。娯楽雑誌に発表した通俗的な長篇を否定し、自身のあやまちを認めてからでなければ、本格作品に至上の価値を認める新時代の論陣を張ることはできませんでした。

同じく二十一年九月の「探偵小説の方向」。乱歩は敗戦を「西洋の合理主義、科学主義の前に敗れ去ったのである」と分析し、「西洋流に構成のある文学」を目標とすることの重要性を説いたうえで、「探偵小説こそ、その構造性と論理性を不可欠の条件とするものである。しかも従来の日本探偵小説には、それらのものが甚だ稀薄であった。むしろ論理性を軽蔑するが如き傾向すらあった」と戦前の探偵小説を批判します。

しかし敗戦一年、反省途上にある日本人の嗜好は少しずつ変化して来たかに感じられる。戦前には見られなかったほどの勢で探偵小説が要望されている。しかも所謂変格ものではなくて純推理小説への要望である。この嗜好の変化と探偵雑誌の非常な売行きは、論理小説の前途に大きな希望を抱かせるものである。

私はこのごろ無名新人の原稿を見る機会が多いのであるが、そういう作品の大多数が純推理小説を目ざしている。その中には従来見られなかったような優れた作も散見し、近い将来には少なからぬ新人が世に出るのではないかと期待される。旧人の努力も無論望ましいのであるが、一層期待されるのは有力な新人の出現である。日本探偵小説を革命するが如き新人の擡頭である。私は今論理探偵小説の黎明を感じている。そういう機運が澎湃として動きつつあることを、身辺のあらゆる事象の裏に感じている。

ここに、もうひとつの敗戦がありました。乱歩の敗戦、探偵小説の敗戦。「敗戦一年、反省途上」という時代風潮は、過去の価値観を放棄して再出発しなければならないという盲信となって社会全体を覆っていました。英米に対する二重の敗戦を認識した乱歩は、ややこわばったような声高さで、本格探偵小説を至上のものとする新たな価値観を説き、探偵文壇を唱導し、新人作家を鼓舞しました。

江戸川乱歩が純推理小説や論理探偵小説と呼んで切望していた本格長篇は、まさにそのころ、横溝正史の手で着々と書き進められつつありました。

「本陣殺人事件」の衝撃

昭和二十年八月十五日、横溝正史は岡山県吉備郡岡田村桜の疎開先で敗戦を迎えました。天皇のラジオ放送は雑音のせいでまったく理解できませんでしたが、「これ以上戦争を継続せんか」という声だけが明瞭に聞こえ、戦争の終結を確信した正史は、「さあ、これからだ」と心中に叫びます。探偵小説を書ける時代が到来した。これからだ。保存してあった書き損じの原稿用紙を糊と鋏で再生する作業に没頭し、頭のなかでは長篇探偵小説の構想を練りあげながら、正史はいまや遅しと原稿依頼を待ち侘びました。

昭和二十一年、正史は「宝石」四月創刊号で「本陣殺人事件」の、「ロック」五月号で「蝶々殺人事件」の連載を開始し、本格長篇二作のかけもちという離れ業でみずからの時代の開幕を告げます。「宝石」四月号に寄せた「探偵小説への饑餓」で、「探偵小説のなかでも最も探偵小説らしい探偵小説、つまり本格的なもの」への希求を明かし、それを米の飯にたとえて、「私はいま何よりも米の飯が食ひたいのである」と宣言しての出発でした。十二月号で「本陣殺人事件」が完結すると、翌二十二年一月号では「獄門島」がスタート、二十三年十月号までの長丁場が休みなく書き継がれました。正史の飢餓は消え、探偵小説ファンは渇を癒され、まるで生まれ変わったような正史の新境地に眼を見張りました。

「本陣殺人事件」には、江戸川乱歩もまた瞠目させられました。衝撃を受けた、といってもいいでしょう。本格探偵小説を理想として掲げながら、作品として示すことができない乱歩の前に、思いがけず、横溝正史が手本のような長篇を提出しました。連載が終わった直後、乱歩は「宝石」昭和二十二年二・三月合併号の「幻影城通信」に「「本陣殺人事件」を読む」を発表し、正史の「処女作以来はじめての純推理もの」であり、この国の探偵小説界における「殆んど最初の英米風論理的探偵小説」である「本陣殺人事件」に、祝福を贈りながらも冷徹な解剖を加えます。

昭和五十年、小林信彦さんとの対談「横溝正史の秘密」で、正史は「「本陣殺人事件」を読む」にふれて、「乱歩、あれ発表する前に送ってくれましたよ、原稿を。「こういうもの書くんだが」って。もう、ぼくは異議はないわね」と回想しました。これだけならどうということもないエピソードですが、対談相手の小林さんが平成元年刊の『小説世界のロビンソン』で明らかにしたところによれば、活字にはされなかったものの、正史は「もう、ぼくは異議はないわね」のあと、「ぼくは、短刀を送りつけられたように感じて、ぞっとしたよ」と述懐したそうです。その心理を、小林さんはこう説明します。

敗戦と同時に、乱歩は、探偵小説の理論家として、指導的立場に立ち、新風を求める。ところが、（乱歩理論の）実作第一号として登場したのは、ほかならぬ横溝正史だったのである。そして、第二幕の主役は、衆目のみるところ、横溝正史であり、乱歩には実作がなかった。その乱歩が、横溝作品を認めることの苦痛と喜びが、乱歩の性格を知り尽している正史にわからぬはずがない。短刀を送りつけられたように感じて、ぞっとした、という言葉には実感があった。

「本陣殺人事件」という傑作の登場に、読者としては喜びを感じ、探偵小説界の先輩としては祝福を贈りながら、探偵小説の実作者としては絶望的なほどの、作者をぞっとさせる行為についい出てしまうほどの苦痛を感じる。乱歩はそんな地点に立っていました。探偵文壇の指導者たろうとしながら、主張の裏づけとなる本格探偵小説を実作することができない。しかも乱歩は、この国の探偵小説を本格作品から遠ざからせてしまった張本人でもありました。過去のあやまちを自覚していた乱歩には、戦前の指導者層を画一的に糾弾しようとする社会風潮さえ、強い逆風に感じられていたかもしれません。

　昭和二十二年十一月十三日、江戸川乱歩は岡山県を訪れました。東京を発ったのは八日朝。翌九日、母校の愛知県立熱田中学校で創立四十周年の記念講演を行うことが目的でしたが、乱歩はそのあと関西まで足を伸ばし、講演や座談会に日を過ごします。探偵小説行脚、と名づけた二週間ほどの旅でした。

　岡山駅に到着した乱歩は、トヨペットの小型トラックに一時間あまり揺られて、岡田村の横溝正史を訪問します。正史のもとには、東京の水谷準と海野十三から手紙が届いていました。内容は似たようなもので、戦後の乱歩は昔とはすっかりちがっている、気をつけるように、そんな警告でした。乱歩は戦闘的になり、強引になり、権柄ずくになっている。トヨペットから降り立った乱歩は、はたして正史の眼にもそう映りました。

「しかし、それもいっときのことであった」と正史は昭和四十年の「「二重面相」江戸川乱歩」に記しています。「席が落ち着いて一時間も話しこんでいるうちに、強引のメッキは剝げ、高飛車の付焼刃もどこへやら、いつか昔の乱歩にかえっていた」

　昭和五十五年の座談会「乱歩が行く、警戒しろ…」になると、正史はさらにあけすけに、乱歩の訪問を回想しています。岡田村の正史を驚かせたのは、東京から来た乱歩の眼が尖っていたことでした。それは終戦直後の浮浪者の眼とまったく同じで、「その目玉をもって乱歩がやって来た（笑）。それは仮想敵国は大下宇陀児だよ。ぼくを抱き込みに来たんだよ、乱歩が。宇陀児は全盛でしょ、あの時分」。

話は俄然、生々しくなってきます。正史の言を信じるならば、乱歩は昭和二十二年の秋、大下宇陀児を相手取った勢力争いの渦中にいました。宇陀児はこの年、「柳下家の真理」「不思議な母」などを発表し、十一月一日に放送が始まったＮＨＫラジオ「二十の扉」ではレギュラー解答者も務めていて、探偵文壇を代表する作家のひとりと目されていました。そんな全盛期にある宇陀児とのあいだで、乱歩は露骨な勢力争いに神経を尖らせている。正史はそれを見て取りました。

垂直性の選択

江戸川乱歩と横溝正史が再会を果たした昭和二十二年十一月、海野十三は「探偵作家クラブ会報」第六号に「探偵小説雑感」を寄稿しました。十三は「本格探偵小説を尊敬するのは結構だが、面白くない本格探偵小説は一向結構でない」と挑戦的に主張し、名指しこそしていないものの、「そういう風潮を本気で薦めている者があったら、それは探偵小説というものを見誤っている者だろう」、「そういうことが分っていながら、若い作家たちを、そういう方向へ追いたてるような者があったら、その人は変態男であるといわれても仕方があるまい」と乱歩を批判、返す刀で乱歩の「石榴」を駄作と切り捨てました。

この文章は、十三が正史に出した警告の手紙とほぼ同時期に執筆されたものです。十三は、乱歩が戦闘的な人間になり、強引きわまりない指導者になったと感じていました。探偵文壇内の本格一辺倒の趨勢だけでなく、乱歩が探偵小説界のリーダーとして鷹揚さを失ってしまったことにもまた、十三は憤りをおぼえていたはずです。あなたはかつて、この国の探偵小説が多様であることを誇りとしていたのではなかったか、と。

昭和十年のことになります。この年、「人間豹」の連載が五月に終わり、蓄膿症の手術を受けたせいもあって、乱歩の創作活動は低調なままに終始しましたが、『探偵小説四十年』には「十年の夏から翌十一年にかけて、あるきっかけから、私の心中に本格探偵小説への情熱（といっても、書く方のでなく、読む方の情熱なのだが）が再燃して、英米の多くの作品を読んだり、批評めいたものを書いたり、その他創作以外のいろいろな仕事をするようなことにもなったのである」とあります。

昭和十年、江戸川乱歩は「鬼の言葉」などの評論で探偵小説論を展開し、『日本探偵小説傑作集』を編纂することで探偵文壇の理論的指導者という立場を鮮明にしました。しかし、巻頭に配された「日本の探偵小説」では、「日本の大衆には、素地として理智探偵小説を受入れにくい所があったのは、少しも無理ではなく、現に純粋の探偵小説が、怪奇幻想の物語に比べて多くの読者を持ち得ないのは、まことに致し方のないことであろう」と述べ、本格探偵小説への情熱を再燃させた読者としての見解は別にして、指導者としてはこの国の探偵小説の特殊性と多様性とを認めていました。

『日本探偵小説傑作集』が刊行された九月、乱歩は「探偵小説壇の新なる情熱」も発表して、こんな所見で結んでいます。

日本の探偵小説はその作風の多様性に於ては、英米にも見ることの出来ない特殊の発達を示しているのであるが、まだ短篇時代を脱することが出来ず、僅かの例外的な作品を除いては、本当の長篇探偵小説というものは現われていないと云ってもいい。そこに英米の探偵小説界との大きな懸隔を否むことは出来ないのである。この部面にこそ我々に残された最も大きな仕事がある。仮令この国の出版界の事情が純粋の長篇小説の製作に適しないにもせよ、探偵小説壇に燃え出でた新なる情熱は、未開拓の多様性へと同時に、この長篇探偵小説の部面に注がれなければならないと思う。

本格作品以外に多様なひろがりを示している探偵小説界の水平性を否定せず、むしろ多様性の開拓を期待する。乱歩はそう主張しました。翌十月の「日本探偵小説の多様性についで」は、「論理探偵小説はあくまで論理に進むのがよい。犯罪、怪奇、幻想の文学は、作者の個性の赴くがままに、いくら探偵小説を離れても差支はない。そこに英米とは違った日本探偵小説界の、寧ろ誇るべき多様性があるのではないか」という高らかな宣言で結ばれてさえいました。

わずか十年で、主張は覆りました。戦前に花開いた多様性を否定した乱歩は、本格探偵小説に至高の価値を認め、それを探偵文壇に強要します。乱歩はこの国の探偵小説界を、かつてのような水平性ではなく、厳格な垂直性で律することを選択しました。前非を悔い、反省し、そのうえで本格探偵小説を称揚しようとした乱歩にとって、昔とすっかりちがっている、と囁かれるほどに見かけの性格が一変し、探偵文壇の主導権争いに寧日がないような状態に立ち至ってしまうのは、どうしても避けられないことでした。

乱歩が予測したとおり、探偵小説はブームを迎えました。横溝正史の『本陣殺人事件』『蝶々殺人事件』『獄門島』以外にも、昭和二十二年五月に角田喜久雄『高木家の惨劇』、二十三年には五月に高木彬光『刺青殺人事件』、十二月に坂口安吾『不連続殺人事件』と、本格長篇が踵を接するようにして上梓されました。二十四年、「少年」一月号で「青銅の魔人」の連載を開始し、乱歩はようやく小説の執筆を再開しましたが、実作者としては後進の横溝正史や新人の高木彬光に大きく水をあけられていました。

昭和二十四年五月、「探偵小説第三の山」で乱歩は、「この第三の山では横溝正史がいち早く大きな主導性を示し」と正史が立役者であることを認め、「第三の山の特徴の一つは、書下ろしまたは連載にしても、月々の興味を狙うことなき本当の意味の長篇探偵小説が、かつて前例がないほど多量に発表されたことである」とブームを概観しています。月々の興味を狙うこと、それは戦前の長篇連載で、乱歩自身が常套としていた手法でした。自家薬籠中のものだった手法をみずから否定し、かといって新しく本格長篇を執筆することはできず、乱歩は第三の山をただ傍観しているしかありませんでした。

「新青年」から回想記の依頼がもたらされたのは、そんなときのことでした。

第一人者の戴冠

「乱歩はどうして自伝の執筆を始めなければならなかったのか」という疑問には、探偵小説の第一人者でありつづけるために、と答えることが可能でしょう。本格探偵小説が至高の位置を占める垂直性の世界には、実作者としての居場所は見つからない。それを苦々しく自覚しながら、乱歩はなお第一人者であろうとしました。

大正十二年のデビュー以来、江戸川乱歩は一貫して第一人者でした。戦前には、作品そのものが乱歩を第一人者の座に押しあげてくれました。かりに乱歩が、「陰獣」の大江春泥のように姿を現さぬ探偵作家であったとしても、その作品は圧倒的な影響力で探偵小説界をリードしていたはずです。「蜘蛛男」以降の長篇に転じたのちも、乱歩作品は作者の本意とはかかわりなく探偵小説の旗印でありつづけ、その結果、この国の探偵小説は乱歩に導かれるようにして本格探偵小説から遠ざかってしまいました。

戦後になっても、乱歩は第一人者として探偵小説界を牽引しようとしました。戦前のミスリードをつぐなう贖罪めいた心理も働いていたことでしょう。しかし、戦前のように実作によってリーダーシップを発揮することはできません。自身がその中心に位置していた水平性から離脱して、新たに秩序づけられた垂直性の頂点に立つことによってのみ、戦後の探偵小説界をリードすることが可能でした。第一人者というポジションを保持しつづけるためには、どうすればいいのか。

江戸川乱歩は自伝の執筆を思い立ちます。「新青年」の編集部から、短い回想記を依頼されたのがきっかけでした。乱歩は自伝に、一貫して第一人者であったみずからの作家像を克明に描き出し、それをすべての読者の眼に鮮明に焼きつけたいと考えました。乱歩のデビュー当時を知らない世代は、年とともに増えてゆきます。乱歩という名前は、エログロという言葉と強く結びついて記憶されています。二十六年前の探偵文壇事情を知るためのよすがは、何ひとつとしてありません。

自伝であり、探偵小説史でもある。そんな一冊の書物が、乱歩には必要でした。それは、あたうかぎり客観的な記述に支えられた書物でなければなりません。史書としての公正さを光源として、第一人者の姿が翳りなく照らし出されていなければならない。おびただしい引用によって客観性を保証することが、自伝執筆の基本となりました。しかし、探偵作家としてデビューする以前には、引用すべきどんな資料も存在していません。乱歩はそこに、涙香、「新青年」、乱歩、とつづく一本の道をトレースしようと企てました。

すべては黒岩涙香に始まりました。涙香こそ、この国に探偵小説という火をもたらしたプロメテウスでした。涙香は先駆者として、翻案探偵小説の時代を切り開きました。涙香が死去した大正九年、「新青年」が創刊されて、翻訳探偵小説の時代が開幕します。「新青年」という場を獲得した探偵小説には、翻案と翻訳の時代のあと、必然の流れとして創作が求められました。そこへ登場したのが乱歩でした。涙香が翻案によって道を開き、「新青年」が翻訳によって場を形成した探偵小説の世界に、始祖にちなんだ江戸川乱歩という名の新人作家が、大正十二年、忽然として降り立ちました。

　涙香、「新青年」、乱歩、とつづく一本の道を遡行して、乱歩は涙香のことから筆を起こします。むろん、絵探しの記憶もよみがえっていました。明治三十年の春から、両親、祖母とともに暮らしていた名古屋市園井町の住居には、母の弟にあたる本堂三木三が書生として住み込んでいて、幼い乱歩に絵探しの面白さを教えてくれました。絵に隠された秘密を発見することが、乱歩を驚かせ、喜ばせ、怖がらせました。しかし乱歩は、「私が探偵小説に心酔するに至った経路」として筆にしたその思い出を、公表することなく封印してしまいます。みずからの人生を探偵小説史にぴったり重ね合わせるため、絵探しではなく涙香を、乱歩は自身の起点として選び取りました。

「涙香本の、あの怖いような挿絵をのぞいたり、その絵の簡単な説明を聞かせてもらったり」したことで、自分は黒岩涙香から探偵小説の火を受け継いだ。現代風な比喩でいえば、遺伝子を継承した。涙香のあとを襲うふたりめの第一人者として、ものごころもつかないうちに、涙香その人から戴冠を約束された。そうした架空のシーンを鮮やかに、印象深く読者の脳裡に刻みつけること、それが乱歩の企てでした。

「草稿にいったん記された絵探しの思い出が、なぜ抹消され、黒岩涙香をめぐるエピソードにすり替えられたのか」という疑問の答えは、すでに明らかでしょう。ふたつめの疑問と同じく、探偵小説の第一人者でありつづけるために、と見るのが妥当なところだと思われます。親戚の叔父さんから教えられた絵探しという個人的な体験を捨て、涙香本という普遍性を握り締めることで、江戸川乱歩の幼年期はこの国の探偵小説史にそのまま接続されることになりました。

「新青年」に連載した「探偵小説三十年」で、涙香に心酔した幼年期から探偵作家としてデビューした直後までを、乱歩は一直線に描きました。この作家はプロとして立つまでに探偵小説にかかわるすべてを予行していた、と読者を深く得心させたであろうほど、探偵小説に無縁なものを排除して、涙香から「新青年」へ、そして自分へとつづく一本の道を浮かびあがらせました。乱歩にとって、探偵小説の第一人者が公開する自伝の、それがあるべき姿でした。

昭和二十五年十一月、「新青年」の廃刊にともなって「探偵小説三十年」の連載が途絶えていた時期、江戸川乱歩は「日本探偵小説の系譜」を発表します。

先にも書いたように、飜訳探偵小説の読者が日本作家の作品に冷淡なのを見て、これではいけないと考えていた私は、戦後、探偵小説復興の機運に乗じて、日本の作家も、もっと本格探偵小説に興味を持たなければいけないということを、繰返し説いた。しかし、私は評論随筆でそれを唱えるばかりで、自ら作品を示すに至っていないけれども、横溝正史君が偶然私と同じ考えを抱き、戦前の彼の作風とはまったく違った本格探偵小説を指向した「本陣殺人事件」「蝶々殺人事件」「獄門島」と、英米黄金時代の作風に属する長篇力作を、矢つぎ早に発表し、戦後探偵小説界の方向を定めるほどの勢を示したのである。

第一人者としての自負と余裕がうかがえる文章です。横溝正史に「『本陣殺人事件』を読む」を送ったときの圭角は消え、正史に本格探偵小説のトップランナーというお墨つきを与えることによって、乱歩は自身が探偵文壇の最上位に位置していることを告げ知らせているように見えます。乱歩は安定を獲得していました。

うつし世と夜の夢

江戸川乱歩は、「うつし世はゆめ、よるの夢こそまこと」という言葉を好みました。昭和三十一年一月の「非現実への愛情」には、「この二三年来、色紙や短冊を出されると、多くはこの句を書くことにしている」とありますから、愛誦したのは昭和二十年代後半からだったようですが、戦後の乱歩はこの言葉をそのとおりに生きていたといえます。

一見するとこの言葉には、非現実の世界にリアルを求める夢想者の憧れが託されています。しかしここには、現実を生きる生活者のリアルも確実に反映されています。稲垣足穂は昭和二十三年二月、凄絶な困窮に身を置きながら、乱歩の名前も登場する「白昼見」で「地上とは思い出ならずや」という天上的な詠嘆を懐かしみましたが、乱歩は詠嘆や懐古には無縁でした。夜の夢の永遠を信じながらも、生きるに価するものとしてうつし世の生を肯定すること、それを求めました。うつし世と夜の夢とを等価なものと認めながら、乱歩は戦後の地上に立っていました。

昭和二十年八月十五日、五十歳で敗戦を迎えた江戸川乱歩にとって、戦後という時代は思うような探偵小説が書けない日々として始まりました。夜の夢だけを肥大させ、うつし世に背を向けていた時代は、すでに去りました。この現実の世界で、評論家、批評家、研究者、翻訳者、統率者、指導者、乱歩はいくつもの顔で生活を始めます。うつし世と夜の夢、その二重性を一身に生きる毎日でした。

探偵趣味はどうなったのか。乱歩はデビュー当初、トリックそのものを自身の探偵趣味でアレンジすることを試み、そのせいで作品を探偵小説の世界から逸脱させてしまいましたが、やがてトリックと探偵趣味を分離する小説作法を身につけ、独自の境地に到達しました。娯楽雑誌に連載した長篇では、探偵小説という形式とそのトリックを借用し、濃厚なサドマゾヒズムで月々の興味を狙いながら、秘密と官能の、グルーサムとセンシュアリティの世界に読者を手招きしました。それが戦後には一転し、戦前の長篇を否定して、本格探偵小説への志向を表明します。

その志向は、江戸川乱歩をトリックの偏重に追い立てました。探偵趣味ではなく探偵小説そのものが、乱歩の目的となりました。探偵趣味の従属物であり、探偵小説の構成要素でしかなかったトリックは、いまや目的を遂げるための秘鍵として存在していました。トリックが取り憑く。月並みな地口で恐縮ですが、乱歩はまるでトリックに取り憑かれでもしたかのように、トリックの収集と分類に没頭します。トリックさえあれば、本格探偵小説はいくらでも書ける。乱歩はそう確信し、トリックの袋小路に迷い込んでゆきます。

はかばかしい成果は得られませんでした。戦後の長篇がそれを物語っています。昭和二十六年、一年がかりで連載した「三角館の恐怖」は、海外作品の翻案でした。二十九年から三十年にかけ、還暦を機に並行して連載された「化人幻戯」と「影男」は、ともにおずおずとした自己模倣がくりひろげられている印象で、トリックにも精彩は感じられません。三十年に書き下ろされた「十字路」には、執筆のための協力者が存在していました。三十四年に同じく書き下ろしで発表された「ぺてん師と空気男」は、アメリカ風のプラクティカルジョークをモチーフにした異色作で、少年ものを除けば最後の長篇となった作品ですが、乱歩が試みたのはトリックではなくジョークを素材とすることでした。

トリックは結局、魔法つかいの呪文ではありませんでした。探偵小説が探偵趣味を盈たすためのかりそめの器であるかぎり、トリックはその器の構成要素として、いまひとつの世界を開く呪文として機能しました。しかし乱歩は、絵探しではなく探偵小説の世界に立ちました。秘密と官能ではなく謎と論理が求められる世界を選び、本格作品に至高の価値を認めて、秘鍵であるはずのトリックを収集しました。ところがトリックは、乱歩の意のままにはなりません。乱歩が摑み取ったすべてのトリックは、盛るべき内実を見失った空虚な器、たとえ使用したとしてもトリックのためのトリックと評されるしかない形骸として、乱歩の前に無惨な姿を晒すばかりでした。

しかし、少年ものは残されていました。戦前から戦後へ、その世界は変質することなく連続していました。探偵小説という形式とそのトリックを借用しながら、月々の興味を狙うお手のものの連載作法も、少年ものではひきつづき有効でした。読者の熱狂も戦前と変わりません。探偵文壇の力強いリーダーとしてうつし世を生きていた乱歩は、少年ものの世界に筆を運ぶときだけ、かりそめの器に探偵趣味を盈たしていた昔に戻ることができました。厳格な超自我の役目は明智小五郎に任せてしまい、明智に対置させた絵探しの世界の化身、怪人二十面相を奔放に跳梁させることで、いずれ自己模倣の域を出るものではなかったにせよ、永劫回帰する夜の夢を語り継ぐことができました。

「うつし世はゆめ、よるの夢こそまこと」という言葉に表現されている均衡は、自伝と少年ものを二本の支柱として保持されていました。もともと乱歩には、『探偵小説四十年』にも記されているとおり、「大正十四年から翌々昭和二年の三月までの二ヵ年余りに、私は自分の持っている小説力というべきものを殆んど出しつくしたのであった」という認識がありました。額面どおりに受け取ることはできませんが、創作力の枯渇という自覚は、とくに戦後、乱歩を実作できない第一人者という苦悩に追いやったはずです。しかしその苦悩は、自伝の執筆によってうつし世を再構成し、少年ものの連載によって夜の夢を再生産することで、鎮静し、緩解に向かっていったと考えられます。

昭和二十四年、少年ものの連載を再開し、自伝の執筆を開始して以来、江戸川乱歩の戦後はそのふたつに支えられて推移しました。両者をライフワークと呼ぶことも可能でしょう。三十五年、「探偵小説三十五年」の連載が終了し、三十六年には『探偵小説四十年』を刊行、三十七年を最後に少年ものも書かれなくなって、四十年七月二十八日、池袋の自宅で乱歩は七十歳の生涯を閉じましたが、病魔に冒されていたとはいうものの、その晩年は夕映えに似た穏やかさに包まれていたように見受けられます。

ところで、乱歩は気がついていたのかどうか。絵探しの思い出を封印し、探偵趣味の起点を黒岩涙香に置いたことで、平井太郎という個人の人生は探偵小説の王統譜に直結されることになりました。それはトリックと呼んでしかるべき巧妙な操作でしたが、自身を素材としたそのトリックが、同じくみずからを利用した「陰獣」のそれをも凌ぐものであったという事実に、乱歩はついに気がつかなかったのかもしれません。『探偵小説四十年』という一冊の書物に、江戸川乱歩最大のトリックが秘められているということに。

江戸川乱歩の不思議な犯罪

——いや、「陰獣」中の大江春泥の顔さえも本当はハッキリと描いてはいけないのだ。

竹中英太郎

昭和四年　虐殺

江戸川乱歩の「陰獣」は昭和三年、「新青年」の八月夏期増刊号、九月号、十月増大号に三回にわたって分載された。前年三月、転居通知のはがきで休筆を宣言して放浪の旅に日を送ったあと、再起を期して書き下ろした百七十五枚の新作である。乱歩の沈黙を見守るしかなかった読者は熱狂的な喝采で迎え入れ、乱歩は探偵小説の第一人者としてその地位と名声をいよいよ揺るぎないものにした。翌四年七月、乱歩は世界探偵小説全集第二十三巻『乱歩集』（博文館）に「あの作この作」（のちに「楽屋噺」と改題）を寄せて収録作の思い出を綴ったが、いささか驚くべきことに、「陰獣」の回顧は唖然とさせられるほど身も蓋もなかった。

この小説の思いつきは、何でも江戸川乱歩にひどい罪を犯させて、因果応報で殺してしまう。つまり自己虐殺という様なことだったらしい。私という男が実は架空の人物であって、しかも正体はヒステリー女で、それが探偵小説では満足が出来なくなって、本当の人殺しをやる。そして、自分も死んでしまう。という、誠にたわいもないお伽噺である。

木で鼻をくくったような告白だが、いくら紙上で殺人をもてあそぶ探偵小説でも、自己虐殺というモチーフは尋常ではない。ことだったらしい、と他人ごとめいて主体が曖昧な表現は韜晦にしてはやや不気味で、乱歩好みの夢遊病者による殺人を連想させる。もしかしたら「陰獣」には、実際に自分自身を虐殺してしまいたいという乱歩の願望が託されていたのではないか。なかば本気でそう思われてくるほどだが、作中に自分を登場させ、殺害することで乱歩は何を果たそうとしたのか。「陰獣」という騙し絵のような作品で、乱歩はなぜそんな不思議な犯罪を引き受けなければならなかったのか。

大正十五年　対立

昭和二年三月、大正十二年のデビューからわずか四年で、江戸川乱歩は最初の休筆に入った。理由はくり返し語られている。たとえば自伝『探偵小説四十年』（桃源社、昭和三十六年）。大正十五年一月に大阪から東京へ転居したあと、「卒然として着想枯渇の不安に襲われはじめ」、「もっと意外なものを、もっと怪奇なものを、もっと異常なものをと、貪欲に貪欲を重ね」ながら、能力の不足から「眼高手低の絶望感が、日一日と深まって来た」と乱歩は振り返っている。乱歩の読者にはおなじみの嘆きだ。大正十五年は乱歩にとってたしかに焦慮と失意の年で、自伝にはその年の「年末ごろが、私の文筆的能力の峠であった。翌昭和二年の初めから、私の文運は急激に下降したのである」との述懐も見える。年末と明記されているのは、それが東京朝日新聞と大阪朝日新聞で「一寸法師」の連載が始まった時期として記憶に残っていたからだろう。

大正十五年十二月、乱歩は「一寸法師」の連載を控えて東京朝日新聞に「作者の言葉」

を寄稿したが、それは「私が書きますものは、それは完結して見なければ分らないのですが、恐らく本格探偵小説といわれているものには当らず、そうかといって、もっとも新しい傾向である、いわばモダン型でもなく、やっぱり私好みの古臭い怪奇の世界を出でないであろうと思います」とひどく退嬰的で、二百万読者を誇る大舞台を用意された作者の言にはおよそふさわしくない。乱歩は自伝にこの文章を引き、「純本格でないことを気にした、遠慮深いもので、当時から、私は探偵小説の本道は、論理小説にあると考えていたことがわかる」と記しているが、ここに浮かびあがっているのは遠慮などではなく、本格探偵小説に対する不本意でおずおずとした拝跪の気配だと見受けられる。

ちょうど一年前、乱歩はふてぶてしいような自信に満ちていた。大正十四年十二月、名古屋の小酒井不木からまだ大阪に住んでいた乱歩のもとへ、翌年の「新青年」二月新春増刊号に掲載される平林初之輔の「探偵小説壇の諸傾向」が郵送されてきた。「新青年」編集長の森下雨村から不木に送られた校正刷りである。平林はその評論で、当時の探偵作家を乱歩、不木ら不健全派と甲賀三郎ら健全派とに分類し、健全派の発達を希望すると結んでいたが、不木は「当分は先づ御互にこの調子で押し進んで行つてかまはぬ」とさして意に介さず、乱歩も返信で、健全な本格作品よりも不健全な作品こそが「どれ程心を躍らせ、楽しませてくれるか知れない」と賛意を示した。「探偵小説壇の諸傾向」や同じく大正十五年に発表された森下雨村の「一転機にある探偵小説」は自伝にも引用されているが、乱歩の反応は怪奇小説を本領とすることの自負に裏打ちされていた。

平林氏は不健全派の跋扈を喜ばないといい、森下さんは、芸術もさることながらもっと本来の探偵小説をと書いているのである。つまり、二つとも本格尊重の議論であった。その矢面に立っているのは、結局は私だったので、いささか気にはなったが、参ったわけではない。私は本格は本格として愛し、怪奇小説は怪奇小説として愛する立場であったから、ある意味ではこれらの説に首肯できたのである。ただ本格は苦労した割に歓迎されず、怪奇小説は大いに歓迎され、それが私の地のものでもあったので、つい後者の方を書くことが多かったというに過ぎない。

しかし大正十五年、東京に居を構えて殺到する原稿依頼をさばくうち、不安や絶望感は急速に忍び寄ってきた。乱歩は本格探偵小説や新しいモダン型に身を添わせることはできず、同じ比重で愛していたはずの探偵小説と怪奇小説もいつかその均衡を失っていった。甲賀三郎が本格探偵小説と変格探偵小説という対立軸を提唱したのもこの年前後のこととされているが、健全と不健全、本格と変格といった対立の前線から乱歩は斜面を滑るように後退し、古い怪奇の世界へ引き籠もるようにして「一寸法師」を書き継いだ。昭和二年二月、ようやく連載を終えた心境は「探偵小説十年」（昭和七年）にこう綴られている。

さて、この年の初め私は「一寸法師」と「パノラマ島綺譚」を書き終ると、（殆ど同時に終った様に記憶する）愈々ペシャンコになってしまった。作物についての羞恥、自己憎悪、人間嫌悪に陥り、つまり、滑稽な言葉で云えば、穴があれば這入り度い気持ちになって、妻子を東京に残して当てもなく旅に出た。

昭和二年　放浪

江戸川乱歩は放浪を好んだ。大正六年、住み込みで勤めていた大阪の貿易商社を出奔し、伊豆半島を一か月ほどさまよい歩いたのが最初の放浪だったが、「若気のあやまち」（昭和三十四年）には当時の事情が、「私には少年時代から思索癖というようなものがあって、独りぼっちでボンヤリと考えている時間が必要だった。食事や眠りと同じように必要だった。貿易商の生活では、それが全くなかったので、一つはその時間がほしくて家出したのである」と釈明されている。昭和二年の放浪でもおそらく、乱歩は誰にも邪魔されることなく放心と思索に身をゆだね、小説家として再生する道を模索した。『探偵小説四十年』には放浪に託したこんな愚直な信念が回想されている。

私は原稿の注文は大いにあったのだから、何でも書き飛ばす気になれば、家内に下宿屋などやらせる必要はなかったのだが、そのころの私は小説家として非常にうぶで、小心で、ある意味で純粋であった。心にもないものを書く気になれなかった。放浪の旅にのぼって、なにか新らしい情熱が湧いて来るまでは、売文を中止する決意を固めていた。

昭和二年十二月、関西から東京に帰って放浪を終えた乱歩は、翌年出版される『新作探偵小説選集　第三輯』（春陽堂）の編集者から乞われてあわただしく「無駄話」を執筆し、放浪の顛末を報告した。思いつくまま改行もなしに「探偵小説を読んだり書いたりする心持が猟奇耽異にあるならば、同じ様なことをいつまでも繰り返し書いているのがつまらなくなるのは当然ではあるまいか」といった低い調子で胸中を吐露しながら、しかし新たな境地に挑む意欲も乱歩は垣間見せている。

私をして自惚れを云わしめるならば、今私は従来の私の型を脱したものをまだ見つけてはいないけれど、そして或は金銭の為に或は淋しさをまぎらす為に、時として従来の型を脱し切らない作を発表することはあるかも知れないけれど、大体に於て、何かしら私の熱情を打込み得る様なものが、小説上に於て、まだ残されている様な気がするのである。読者よ、これは私として余りに分不相応な望みであろうか。

乱歩は休筆以前の自分から脱却し、小説家として生まれ変わることを望んでいた。横溝正史の求めに応じて「押絵と旅する男」の草稿をまとめたことが、その証左のひとつとなるだろう。正史は大正十五年七月、乱歩に招かれて神戸から上京し、そのまま博文館に入社して十月増大号から「新青年」の編集に従事した。翌昭和二年には休筆中の乱歩を京都に訪ねて新作を依頼し、一か月ほどあとに名古屋の小酒井不木宅で原稿を手渡すという約束を取りつける。正史の「代作ざんげ」（昭和二十四年）によれば、再会した乱歩はとうとう書けなかったと打ち明けたが、投宿したホテルで深夜、「実は僕、書いていたんだよ。しかし、あまり自信がないから小酒井さんのまえで出しかねたのだ」と白状し、正史が原稿を催促すると、「ところが、今便所の中へ破って捨てて来た」と答えて正史を落胆させた。名古屋で「新青年」主催の座談会が開かれた十一月のエピソードだが、乱歩も放浪中に「火縄銃」「唇のない顔」「押絵と旅をする男」といった小説の構想を練り、「「押絵と旅をする男」は今度の旅の京都で妄想して、それの過半を宇治の百花園の一夜に執筆して、名古屋の大須ホテルの便所へ叩き込んだ」と「無駄話」に書きつけている。

大正十三年　猟奇

草稿の内容は不明だが、「無駄話」に「押絵と旅をする男」というタイトルが明記され、『江戸川乱歩全集8』（桃源社、昭和三十七年）の「あとがき」に「一年半ののち、同じ題材で書いた」という回想も残っていることから、草稿にも決定稿と同じく人間が押絵に入り込んでしまう怪異が描かれていたはずだと判断される。つまり江戸川乱歩は、探偵小説を構想していたわけではなかった。乱歩が着想した押絵の怪異は、探偵小説が基盤とする合理主義とは最初から相容れないものだからである。放浪の旅の途上、小説家としての再生を願って思索を重ねるうち、乱歩の想像力はいつかしら探偵小説という重力から解放され、「押絵と旅する男」で異変を先触れして大空に昇っていった無数のゴム風船のように、どんな制約も及ばない自由な高みへ到達していたのかもしれない。

大正十三年、デビュー二年目の乱歩は、佐藤春夫が「新青年」八月夏期増刊号に寄せた「探偵小説小論」からひとかたではない感銘を受けた。とくに「要するに探偵小説なるものは、やはり豊富なロマンチイシズムという樹の一枝で、猟奇耽異《キューリオスティハンテング》の果実で」に始まる定義は乱歩の探偵小説観に決定的な影響を与え、大正十五年九月の「探偵趣味」では「探偵趣味というのは、探偵小説的な趣味という意味で、猟奇趣味と呼んでも差支ない。つまり、誰かが云った奇を猟り異に耽る趣味なのだ」と探偵趣味と猟奇趣味が等質なものとして語られているほどだ。それに同調する探偵作家も当然存在し、『探偵小説四十年』にはこんな思い出が綴られている。

この前半の探偵小説の定義はその後、私は随筆などに屢々引用している。ここに用いられた「猟奇耽異」という言葉は、その出典を知らないけれども、異様に魅力があり、後年横溝君など数人の探偵作家が寄り合った席上「探偵小説」という名称はどうも面白くない、何かこれに代るよい言葉はないだろうかという話が出たとき、右の佐藤氏の文章から思いついて「猟奇小説」「耽異小説」などの案が出た。そして、横溝君は自分の作品に「猟奇小説」という肩書きをつけたこともあるが、そんなことから、戦前にも、怪奇異常の小説を一般に「猟奇小説」と呼ぶようになり、新聞記事などにもこの言葉が常用されるにいたった。

「押絵と旅する男」はまさしく怪奇異常の小説にほかならない。制約から解き放たれた放浪の旅の空、奇を猟り異に耽って貪欲に着想を追求し、人形やレンズといった生得的なモチーフが奔放に湧きあがってくるのに身をまかせて、乱歩はひとたびは猟奇耽異の絶巓を極めたのかもしれない。しかし放浪はじきに終わり、乱歩は空の高みから地上に降下する。降り立ち回帰してゆくべき場所は、本格と変格との対立を孕みながらやや低迷の傾向を見せていた昭和三年の探偵小説界、そこを措いてほかにはなかった。

昭和三年　再起

「あの作この作」には、やはり熱のこもらない筆致で「陰獣」の成立がこう紹介されている。

さて、『陰獣』ですが、一年半も書かないでいると、新青年諸君には軽蔑されてもいいから、もう一度何か書いて見たいという慾望が起って来る。丁度その当時『改造』の佐藤績君がよく来られたので『改造』には一度も書いていないし、旁々一つ又古めかしい筋でも組立てて見ようと考えたのである。四五十枚という注文だったので、そのつもりでやりかけた所が、百枚書いてもまだおしまいにならない。縮めるなんてことは私には出来ないものだから、佐藤君に相談すると、百枚以内なら何とかするけれど、それを越しては一寸困るという話だ。ところが、私の方では書きついで見ると、二百枚近くにもなり相なので、それでは外へ廻しましょうということにして、そんなものを買ってくれるのは『新青年』の外にはないのだから、横溝君に伝えると、有難いことに、待ってましたというので、素敵に宣伝してくれたものだから、案外好評を博して、単行本にした時も仲々売れた。これ全く横溝君の巧みなる提灯持ちのお蔭である。

横溝正史の「陰獣縁起」（昭和三年）と「『パノラマ島奇譚』と『陰獣』が出来る話」（昭和五十年）も確認しておこう。昭和三年、「新青年」六月増大号に二百五十枚の翻訳小説を載せたところ、その批評を記した長い手紙が発売翌日に乱歩から届いた。正史は乱歩がふたたび書く気になったと直感し、さっそく乱歩を訪ねて「頼みまっさかい増刊に百枚くらいの物を書いて下さいよ。原稿料一枚八円お払いしまっさかいに」と「パノラマ島奇談」の倍の原稿料を提示した。だが確たる返答は得られない。しばらくして今度は手紙で懇願すると、乱歩は返信で「他の雑誌から頼まれて、今百枚ぐらいのものを書いているのだが、何ならそれを廻してもいい」ともちかけてきた。乱歩のもとに足を運んだ正史は「陰獣」の構想を聞かされ、「内容がそれでトリックがそういうものなら、たとえ『改造』が二百枚を許容するとしても、やっぱり『新青年』に発表なすったほうがええのンとちがいますか。ぼく大々的に宣伝してみせまっさかいに」と申し出て乱歩を口説き落とした。

正史は昭和二年三月、「新青年」の編集長に就任し、明朗軽快なモダニズムをふんだんに盛り込んで誌面を刷新した。しかし乱歩にはそれが不満で、「あの作この作」には「横溝君の主張した所のモダン主義（主義ではないかも知れない）という怪物が、旧来の味の探偵小説を、誠に恥かしい立場に追い出してしまった」と正史への不満が露骨に表明されている。乱歩が再起の場に「改造」を選んだ背景には正史や「新青年」への反撥がなかば無自覚に伏在していたのかもしれないし、「改造」に書いていると聞かされた正史の胸中にどんな感情が波を立てたのかもきわめて興味深いが、ここではその問題には立ち入らない。

正史は約束どおり、八月号に「懐しの乱歩！　懐しの『心理試験』！」に始まる宣伝文を掲載するなど力のこもった宣伝をくりひろげ、乱歩の復活を華々しく演出した。「陰獣」は空前の反響を呼び、十一月号の編集後記「編輯局より」には延原謙の手で「十月増大号は圧倒的のすばらしい売行だつた。何しろ三日発売のが、四日には市内の小売店に一冊も見当らず、五日には京阪方面から続々と大口の追註文が来るといふ始末、営業部はそれ再版それ三版と、まるで戦場のやうな騒ぎであつた」とその楽屋裏が書きとめられている。

昭和十年　敬慕

「陰獣」の挿絵には竹中英太郎が起用された。プラトン社の「クラク」で挿絵画家として出発したばかりの新進が「新青年」に舞台を移し、わずか二十一歳で乱歩の復帰作に抜擢された経緯は英太郎の「「陰獣」因縁話」（昭和十年）に詳しいが、事実とは認められない記述もある。たとえば紹介状を携えて横溝正史を博文館に訪ね、いきなり「陰獣」の原稿を渡されたとあるのは、英太郎が「陰獣」以前の「新青年」七月号と八月号で小説の挿絵を担当していることから信じがたい。七月号の「桐屋敷の殺人事件」は正史が川崎七郎名義で執筆した作品だが、英太郎の挿絵に「陰獣」と同じ手法が採用されていることが眼を引く。その事実に立って考えると、正史は英太郎の技倆を試す目的でまず自作の挿絵を描かせ、充分満足できる手応えを得たうえで「陰獣」を託したという推測が浮かびあがるだろう。

英太郎の斬新な画法は「陰獣」でこれ以上ない効果を発揮した。十五点の挿絵はいずれもおぼろな点描の濃淡で描かれ、室内であれ街頭であれ、ぼんやりした書割のような背景に明確な輪郭を失った人物が不安定にうごめいて、ときに眼を不気味に白く光らせていた。

それは大江春泥という正体の知れない小説家の人物像と怪奇凄絶な作風とを写実することなくまざまざと表現し、英太郎の名を読者に深く印象づけた。後世の評価もすでに定まり、たとえば中井英夫は昭和五十九年、日本探偵小説全集2『江戸川乱歩集』(東京創元社)の「解説——乱歩変幻」で「「陰獣」を別な面から輝かしい作品に仕立てたのが、ここに初めて収められた竹中英太郎のさし絵で、よくもここまでと思われるくらい、これは乱歩世界の完璧な画像化である。木炭画なのだろうが、御覧のように人物のすべては、幽暗の霧の彼方にうごめく異形の者としか見えず、中でもトンガリ帽子の道化師の眼が何ともいえずいい」と絶讃して、昭和六十年代に始まる英太郎再評価の先駆をなした。

英太郎は昭和四年、『乱歩集』の口絵に「新青年」と同じ手法による「陰獣」一点を寄せ、その年から昭和七年にかけて「孤島の鬼」や「盲獣」などの乱歩作品を異能の絵筆で彩ったほか、平凡社の『江戸川乱歩全集』(昭和六—七年、全十三巻)では附録雑誌「探偵趣味」の表紙や挿絵も担当した。しかし乱歩は『探偵小説四十年』でわずかに一か所、「探偵趣味」に触れて「表紙は第一号は岩田専太郎君の黄金仮面、二号以下はすべて竹中英太郎君の異様な画風の表紙でつづけた」と英太郎の名を記しているだけで(追記・桃源社版の人名索引にもとづいてこう記したが、ほかにも記載があるとネット上で指摘してくれた人があり、調べてみると平凡社版全集の表紙に関して「挿絵画家竹中英太郎君の背文字を黒の押箔にして入れて見ると、まんざら捨てたものでもなかった」との記述が見つかった。読者諒せよ」、英太郎との交流には一度も言及しておらず、「探偵趣味」に英太郎が関わった経緯もいっさい伝えられていない。

昭和十年、英太郎は『名作挿画全集　第四巻』（平凡社）でもう一度「陰獣」に挑んだ。挿絵画家として押しも押されもせぬ盛名を得ながらそれを潔しとせず、画業との訣別を決意して総決算の題材に選んだのが「陰獣」だった。英太郎は旧作を捨て、新たに「陰獣」七点と「大江春泥作品画譜」十八点とを描き下ろした。休筆以前の乱歩作品にもとづいた挿絵は大江春泥という架空の怪奇作家に陰翳深い実体を与え、七年前に死んだはずの春泥は挿絵画家の手でふたたび生命を吹き込まれた。画家としてひとつの頂点を示したこの連作は英太郎にとって、「陰獣」による乱歩の復活をあらためて嘉し、乱歩へのこよない敬慕を表するものでもあったと思われる。

昭和十一年、英太郎は二・二六事件の関係者として警察署に拘置され、釈放後に満洲へ旅立った。乱歩との接点は『名作挿画全集　第四巻』が最後になったが、長男の竹中労は昭和四十七年、あるインタビューで「ウチのおやじが満州へ行ってもう一回革命をやるんだといってた時なんか、乱歩さん、もうすごく心配してわざわざウチに来てやめろなんていっていた」と発言している。どこまで信を置くべきか疑問は残るものの、両者の交友を物語るほとんど唯一の証言である。また挿絵画家の長瀬宝は戦後、乱歩に英太郎の消息を尋ねて「満州へ行って死んでしまったよ」との返事を得たことを記録している。だが英太郎は、実際には昭和十四年に帰国して東京で鉄工所を営み、十七年に夫人の郷里である山梨県甲府市に疎開してそのまま住みつづけた。八十一歳で死去したのは昭和六十三年のことである。

昭和四年　変転

「陰獣」の着想がいつ生まれたのかはわからない。江戸川乱歩は昭和四年、「文学時代」七月号の「探偵小説座談会」で「どうしてあゝ云ふことを思ひ付いたのですか」と「陰獣」の楽屋話に水を向けられて、「やア、どうも頭の中でごね〳〵とこね廻して居る内に出来上つたのでして」と答え、「あの一人三役と云ふことは初めから考へたのでせう?」との問いには「さうでない。初めは単純に或る犯人がヒステリーの女に脅迫状を出すと云ふことを考へた。それから段々伸ばした」とも明かしているが、放浪を終えた昭和三年、一月の扁桃腺剔出手術から四月の転居まで落ち着かない冬から春を過ごしたあと、新たに買い受けた住居に窓のない狭い書斎を増築し、その万年床に寝転がりでもしながら、なかば放心して新作の想を練るうち、あるいは過去の自作をもてあそぶように思い返すうち、乱歩の脳裡に一人二役トリックと一人三役トリックがもつれ合うようにして浮かびあがってきたのではなかったか。自身を作品の語り手である本格派の寒川と変格派の大江春泥に分裂させた一人二役と、大江春泥と平田一郎の一人二役を小山田静子の影とした一人三役。乱歩は初めてトリックを探偵小説の骨格とし、何よりも重きを置いていた探偵趣味をトリックの構成要素にしてしまうことで、復帰作「陰獣」を本格探偵小説として構想した。

「あの作この作」の素っ気ない回顧とは裏腹に、「陰獣」には乱歩が本格作品に再起を賭けた強い意欲が秘められている。それは『探偵小説四十年』の「「陰獣」は変態心理の部分が目立つので、純探偵小説といえないという見方もあるが、私自身はあれを本格ものと考えている」という断言にも明らかだろう。休筆に入る以前、乱歩を責め立てていたのは「もっと意外なものを、もっと怪奇なものを、もっと異常なものを」という焦燥だった。乱歩はトリックではなく、意外や怪奇、異常といった要素、つまりは奇を猟り異に耽ることで手にできる果実を希求してやまなかった。乱歩にとって探偵小説は探偵趣味を盛る器であり、探偵趣味は猟奇趣味にほかならなかった。トリックは猟奇耽異をこの世に現前させるための手段でしかなかったが、いまやトリックこそが「陰獣」という探偵小説を支える基盤として機能していた。

それは一枚の騙し絵だった。壺と横顔とがひとつの絵柄として表現された絵のように、乱歩は「陰獣」に本格と変格の対立を白と黒でくっきり対比的に描き出し、変格派の大江春泥を自身の分身と見せかけながら、論理的な謎解きを担う語り手に本格派としてのみずからを仮託した。探偵小説の世界へ回帰するにあたって、乱歩はいつからか本格探偵小説の領域に立つことを企図していたとおぼしい。そこに立ちさえすれば、古い怪奇の世界や古めかしい筋立てといった変格の装いは本格の骨格を隠す偽装に利用できた。過去の自作を作中にコラージュすれば、どこにも存在しない変格派作家になまなましい実在感を与えることが可能になった。「陰獣」は一枚の巧緻な騙し絵として読者の前に現れ、一見すれば以前と変わりないその画境は作者のたくらみを巧みに隠蔽して、大向こうからは懐かしの乱歩という声さえ飛んだ。

題材と文体のせいで「陰獣」を本格探偵小説と見抜く読者はいなかったが、昭和九年になって井上良夫が「傑作探偵小説吟味」の一篇「陰獣」を発表し、「元来乱歩氏の作品には、厳正な意味での探偵小説は少いが、「陰獣」は立派な探偵小説である」と正鵠を射た。乱歩は「陰獣」に寄せられた批評のうちでこれが「最も私を喜ばせた、力のこもったものの」と自伝に明かし、井上の慧眼を多としたが、「仮りにもし「陰獣」の肉、衣を取りのけて、中に包まれているものをみるなら、その骨組みは、着想は、実に幼稚至極なものである」との評言には承服しないとして、「肉と衣をはぎとれば、幼稚な、非現実な、手品だけが残ること」は当然で、「井上君は、そういう作品の嘘が見えすいて面白くないのだし、私はその嘘そのものが面白いのである」と反論した。これはいうまでもなくトリックを起点とする本格探偵小説作家の言であり、骨組みはどうあれ肉や衣の猟奇耽異こそ探偵趣味の精髄だと信じていた探偵作家の姿はもはやどこにも見られない。

虐殺といえば、それはたしかに自己虐殺だった。乱歩は「陰獣」で探偵作家として一人二役を演じ、作中人物に一人三役を演じさせるという複雑な手順を踏んで、不思議な犯罪を成功させた。猟奇耽異に胸を躍らせたかつての自己を冷酷に抹殺し、本格探偵小説の領域に立つことで華々しい再起を果たした。放浪中の「無駄話」に「探偵小説を読んだり書いたりする心持が猟奇耽異にあるならば」と記して以降、乱歩は猟奇耽異という言葉を用いなくなり、昭和十年十一月の「探偵小説の範囲と種類」に「佐藤氏の言葉は必ずしも探偵小説のみを語っていたのではない」と記して佐藤春夫の定義と探偵小説との懸隔を主張したあとは、わずかに『探偵小説四十年』で遠い追憶めいたその言葉に無表情な一瞥を投げているだけに過ぎない。

昭和四年、乱歩は「朝日」の一月創刊号から本格探偵小説に骨格を求めた長篇「孤島の鬼」を連載し、「新青年」六月増大号には猟奇耽異に捧げた供物のような短篇「押絵と旅する男」を発表した。通俗性を求められるせいで敬遠していた大日本雄弁会講談社の雑誌に初めて筆を執った「蜘蛛男」はその二か月後、「講談倶楽部」八月号で連載が開始された。「あの作この作」を収めた『乱歩集』が発行されたのはこの年七月のことで、そこには猟奇耽異から謎とトリックに主眼を移し、さらに通俗的な娯楽小説への移行を決意しながらも、そうしためまぐるしい変転を他人ごとのように眺める投げやりな気配が漂っている。探偵小説に新しい可能性を垣間見ていたうぶで純粋な探偵作家は地上から去り、江戸川乱歩の不思議な犯罪はすでに終わりを告げていたのである。

昭和三年　詐術

本格探偵小説「陰獣」を成立させるために、江戸川乱歩は二重三重に詐術の限りを尽くした。だが破綻もないわけではない。たとえば大江春泥と小山田六郎の関係。小山田静子が語り手の下宿を訪問し、平田一郎の手紙を見せて相談を持ちかける場面で、語り手は春泥の沈黙を「彼は昨年のなか頃からぱったり筆をとらなくなって」と説き、小山田の帰国については「帰朝したのはつい一昨年の暮であった」と記している。前者は前年の六、七月、後者はその前の年の十二月と理解できるが、つづいて引用された平田の手紙には春泥の名をあげて「彼はもう一年ばかり何も書かないけれど」とあり、そのあとの地の文にも「彼は一年ばかり前から、ぱったり小説を書かなくなり」との説明が見える。平田の手紙は二月三日付だから、「一年ばかり前」は前年の六、七月ではなく二月ごろということになるだろう。もとより些細な差で、「頃」や「ばかり」といった文言の許容範囲内にとどまるはずの誤差だが、春泥の沈黙と小山田の帰国の関連は終盤、隠れ家で静子を追いつめる語り手の口からこう語られている。

「それから時間的の一致というのはね。春泥の名前がパッタリ雑誌に見えなくなったのは、私はよく覚えているが、おととしの暮からなんだ。それとね、小山田さんが外国から帰朝した時と――あなたはそれがやっぱり、おととしの暮だって云ったでしょう。この二つがどうして、こんなにぴったり一致しているのかしら。これが偶然だろうかね。あなたはどう思う？」

どう思う？　と尋ねられれば、ちょっとアンフェアではないかと思う、と答えるしかないだろう。序盤で説明された半年ほどの差が最後に「ぴったり一致している」と語られては、読者としてはいかにも釈然としない。とはいえ冒頭の「昨年のなか頃」と「つい一昨年の暮」は初出の誌面では見開きの右と左に同時に登場するほど近接しているから、ここで時期を一致させてしまってはせっかくの一人二役が早々に見抜かれてしまうことになりかねない。理にかなわない詐術は避けがたいところだったというべきだろう。なお、初刊の『陰獣』（博文館、昭和三年）から乱歩自身が校訂した『江戸川乱歩全集2』（桃源社、昭和三十六年）まで、この詐術は手を加えられることなくそのまま継承されている。

出版社による詐術も存在する。古書マニアのあいだでは『陰獣』の初刊に初版と再版が確認できないという事実が知られているが、これは当時の出版界では珍しいことではなかったらしい。西野嘉章の『装釘考』によれば、大正十二年の永井荷風『二人妻』（東光閣書店）、翌十三年の竹久夢二『恋愛秘語』（文興院）などが三版即初版本で、「出版法に絡む発禁を慮てのこと。発行実績を楯に、それを逃れようとしたのだ」という。『陰獣』もおそらくそうした一冊だったと思われるが、いささか驚くべきことに、初刊本そのものが初版、再版、三版の一人三役トリックを演じていたのである。

「陰獣」から「双生児」ができる話

二組の双生児

昭和四年二月、横溝正史は「新青年」新春増刊号に「双生児」と題する奇妙な短篇を発表した。奇妙な、というのは、それが次のような英文で始められているからだ。

A sequel to the story of same subject by Mr. Rampo Edogawa.

「sequel」には続篇という意味がある。江戸川乱歩氏による同じ主題の小説の続篇。正史はいきなりそう宣言して作品を書き始めた。異例の作法といえるだろう。正史が正篇と見做しているのは同じく「双生児」と題された短篇で、大正十三年の「新青年」十月号に発表された。乱歩のデビュー五作目にあたる。

奇妙な点はほかにもある。正史と乱歩それぞれの「双生児」を読み比べても、連続性や関連性がほとんど感じられないということだ。正史が作品の冒頭で明らかにしていなければ、読者には正続の関係どころか二作品の共通性に思い当たることさえできないはずだ。むろん共通点はある。タイトルどおり双生児が登場し、兄は妻帯しているが弟はそうではないという点だ。正史のいう「same subject」とは、結局、瓜ふたつの双生児にひとりの女性がからむという人物配置の問題にすぎない。同一の設定からまったく異なったストーリーをくりひろげながら、しかし正史は続篇と明言して乱歩作品との関連を強調した。正史の意図はどこにあったのか。

乱歩の「双生児」は、「ある死刑囚が教誨師にうちあけた話」との副題に示されているとおり、強盗殺人の罪で死刑を宣告された「私」が、刑の執行を前にそれまで発覚していなかった犯罪を告白するという筋立てだ。「私」はふたごの弟で、兄を殺害して兄になりすましたことを打ち明ける。「私」は兄が家督相続で受け継いだ莫大な財産をそのまま手中にし、かつて自分の恋人だった兄の妻まで横取りしてしまうが、兄と弟の入れ替わりは兄の妻にさえ気づかれることなく成功した。

正史の「双生児」でもふたごの入れ替わりが重要な主題として扱われる。語り手の「私」は新聞記者で、旧知の法医学者を訪問して変わった話題を聞き出そうとする。法医学者は三年ほど前に死んだ尾崎という彫刻家の名前を出し、その妻が女性の偏執狂の実例だと告げた。尾崎の死後まもなく妻が自殺したことは「私」も記憶していた。妻は主治医だった法医学者に宛てて長い遺書を残しており、作中にその全文が挿入される。

妻の遺書には「先生、私が殺した男は、いったい私の夫なのでございましょうか、それとも夫の敵なのでございましょうか?」という疑惑が記されていた。妻が「敵」と呼んでいるのは夫のふたごの弟だ。兄と弟は激しく憎悪し合う仲で、弟はとうに家出して消息を絶っていた。ところが妻は、ある日、夫の正体に疑問を抱いてしまう。それは本物の夫ではなく、兄になりすました弟ではないのか。疑問は不安を生み、不安は恐怖を呼んで、兄なのか弟なのか判然としないまま、妻は夫を殺害してしまった。

しかし法医学者は、妻の遺書に書かれているのはすべて幻覚だと断言する。偏執狂だった妻が「小説みたいな筋を、自分で組み立てていた」だけの話で、弟は兄より一年ほど早く死去しており、ふたりは実際には非常に仲のいい兄弟だったとも説明するのだが、作品は「私」のこんな言葉で幕を閉じる。

博士のことばがほんとうか、尾崎夫人の遺書が事実か、それはいまとなっては神のみが知りたもうところである。

乱歩作品とは正反対に、入れ替わりが事実なのかそうではないのか、正史は最後まで明らかにしようとしない。まるで乱歩の「双生児」に異議を申し立てるかのように。

正体をめぐる謎

アンソロジストとしても名が高かった鮎川哲也に『怪奇探偵小説集　続々』(双葉社、昭和五十一年)という編著がある。冒頭に収められているのは江戸川乱歩と横溝正史それぞれの「双生児」だ。両者の関連に着目し、対比的に紹介した最初の例ということになるだろう。鮎川哲也は正史の「双生児」をどう見ていたのか。巻末の「解説」にこうある。

江戸川乱歩氏の《双生児》では、入れ替わった弟が細君に少しも怪しまれずに結婚生活をつづけたことになっているのだが、本篇の作者はそこに疑問を感じたのではないだろうか。夫に密着していた妻である以上、外形は夫にそっくりであってもなにかにつけ違和感を覚え、怪しみだすのが自然だ。江戸川氏も作中でしるしているように、特に閨《ねや》房においで発覚する公算が大きいはずである。作者はそこに焦点をあて、疑惑を抱いた妻に視点をおいて、物語をふくらませていった。

ここに指摘されているとおり、正史の「双生児」は乱歩作品への疑問から出発していた。妻から怪しまれずに入れ替わることは可能なのか。正史は乱歩と同じ設定に立ちながら、より自然なストーリーを目指した。しかし正史の疑問は、入れ替わりの不自然さのみならず、乱歩の作家的本質にまで向けられていたのではなかったか。乱歩が探偵小説の規範を踏み外していることへの不満が、正史の「双生児」に秘められているのではないか。

ここで乱歩の言に耳を傾けることにしよう。「探偵小説十年」（昭和七年）にはこんな自作解説が綴られている。

「双生児」は南波杢三郎氏著「最新犯罪捜査法」の実例にあったネガチヴの指紋の話から思いついたのだが、それはホンのつけたりになって、毛髪の数まで同じかと思われる程よく似た双生児の一方が、自分と全く同じ形をした人間に対する憎悪の為に、他の一方を殺す、その殺し場の変な味に陶酔した形であった。鏡にうつる自分の顔と全く同じものが、生きて動いている怖さに、私は限りなき魅力を感じたのであった。みずからあっさり認めているように、乱歩の興味は探偵小説の規範を踏み外していた。自分が自分を殺す。自分が自分に殺される。そんな悪夢めいた光景を細部まで克明に描き出すことに、乱歩は「限りなき」と形容するほどの魅力をおぼえていた。指紋を利用したトリックを起点に探偵小説を書き始めながら、乱歩は手もなく恐怖小説や怪奇小説の領域に足を踏み入れていた。

　正史にはそれが不満だったのではないか。誰にも見分けがつかないほど瓜ふたつの双生児。そんなとびきりの主題を扱うのであれば、ふたごがこっそり入れ替わっているのではないかという疑惑や、眼の前にいる人物の正体がわからないことがもたらす不安や恐怖や、つまりは正体をめぐる謎を描くことこそが探偵小説の常道ではないのか、と。

　しかし乱歩は正体をめぐる謎を放棄し、せっかくの主題を台なしにしてしまっている。もしも正史がそう感じていたのなら、「双生児」の謎をあえて解決しなかった点に乱歩への異議を忍び込ませていても不思議ではないだろう。だが正史はこの作品について何も語っておらず、したがってその意図を知ることはできない。冒頭の英文で名指しされていたにもかかわらず、乱歩もまたこの奇妙な続篇に言及することはなかった。

　ところで、正史の「双生児」にはほかにも奇妙な点が認められる。乱歩が「双生児」を発表してから四年あまりも経過したあとで、正史はどうしてその続篇を書かなければならなかったのか。乱歩への異議申し立ては何を火種としたものだったのか。

カムバックの舞台裏

時間を少しだけ遡ろう。昭和三年夏のことだ。江戸川乱歩は一年あまりに及んだ休筆を終え、「陰獣」でカムバックを果たした。前年三月から「新青年」の編集長を務めていた横溝正史は乱歩の再起を親身にサポートし、「懐しの乱歩！」に始まる名コピーを寄せるなど「陰獣」の宣伝にも力を注いだ。日本探偵小説史のよく知られたワンシーンだが、乱歩と正史の回想にもとづいて舞台裏を概観しておこう。

まず、乱歩の回想。「陰獣」からほぼ一年後に発表された「楽屋噺」（昭和四年）には、「実は私を駄目にしたものは『新青年』なのである。横溝君の主張した所のモダン主義（主義ではないかも知れない）という怪物が、旧来の味の探偵小説を、誠に恥かしい立場に追い出してしまった」と「新青年」のモダニズムに対する違和感が語られている。

正史がこの文章に接したのは戦後のことだったという。乱歩が「宝石」に連載した「探偵小説三十年」に引用された「楽屋噺」を読んだものかと判断されるが、正史はそのときの驚きを「「パノラマ島奇譚」と「陰獣」が出来る話」（昭和五十年）にこう述懐している。

戦後この文章を読んだとき私は愕然たらざるをえなかった。そういえばその当時、

「いまの新青年みたいなモダンな雑誌に、ぼくみたいな作家は不向きだろう」

と、いうような言葉を二三度乱歩から聞いた記憶があるが、乱歩がかくも被害妄想狂であり、かくも私に対して遺恨コツズイであり、深讐メンメンであったろうとは、真実私は思いもよらぬところであった。

正史は正史で「モダン趣味と探偵趣味は両立しうると考え、「新青年」はつねに乱歩を必要としていたのである」と回想しているが、乱歩は「新青年」の誌面に違和感を感じつづけていた。それは「楽屋噺」のこんな記述からも窺える事実だ。

さて、『陰獣』ですが、一年半も書かないでいると、新青年諸君には軽蔑されてもいいから、もう一度何か書いて見たいという慾望が起って来る。丁度その当時『改造』の佐藤績君がよく来られたので『改造』には一度も書いていないし、旁々一つ又古めかしい筋でも組立てて見ようと考えたのである。

「改造」は「新青年」より八か月早く、大正八年四月に創刊された総合雑誌だ。大正デモクラシーに呼応した進歩的な編集で支持を集め、文芸欄の充実でも知られていた。ちょうど谷崎潤一郎が断続的ながら「卍」を連載していた時期だったから、乱歩は谷崎と同じ舞台で復活を果たす光栄に思い及んでいたのかもしれない。

正史の回想も眺めておこう。「「パノラマ島奇譚」と「陰獣」が出来る話」によれば「新青年」六月臨時増大号にヒュームの「二輪馬車の秘密」を翻訳して掲載したところ、発売の翌日、乱歩から感想を記した手紙が届いた。正史は乱歩が再起する気になったと確信し、乱歩を訪ねて「新青年」八月増刊号に百枚の読み切りを依頼したが、乱歩の返事は煮え切らないものだった。

しばらくして正史はもう一度、今度は手紙で原稿を催促した。乱歩からは折り返し、ほかの雑誌に書いたものを「新青年」に廻してもいいという返事があった。正史はさっそく乱歩を訪問する。乱歩は「改造」から依頼されて新作を書き始めたこと、二百枚近く書きたいのだが、編集部からそれでは長すぎて掲載できないといわれていることを打ち明け、その作品を「君のほうへ廻してもいいと思っている」ともちかけた。

編集者横溝正史

横溝正史は江戸川乱歩の新作を獲得するべく、大々的な宣伝や破格の原稿料を条件に交渉を開始するのだが、ここで想像を逞しくしてみよう。乱歩から「改造」に新作を書いていると知らされたとき、正史の胸中にはどんな感情が生まれたのか。

乱歩に対する憤り。それが一気に波立ち、渦を巻いたのではなかったか。乱歩が書く気になったと確信したとき、「新青年」が再起の場になると正史は思っていたはずだ。乱歩と「新青年」の、そして正史との浅からぬ因縁から考えれば、いや考えるまでもなく、それは当然そうなるべきなりゆきだった。

だが乱歩は正史に内緒で「改造」を選んでいた。「改造」編集部が二百枚の作品を受け入れていたら、乱歩の復帰第一作を掲載できなかった正史の面目は丸つぶれになっていたにちがいない。正史がその可能性に思い至らなかったとは、むろん考えられない。

作家のわがままや気まぐれにいちいち立腹していては、編集者稼業はとても務まらない。乱歩が「改造」と縁を結ぼうとしたことも、もとより責められるべき行為ではない。編集者としては作家からいい作品、売れる作品を獲得することを何よりも優先しなければならない。正史は編集者に徹した。

「陰獣」は「新青年」の八月夏期増刊号と九月号、十月増大号に三回にわたって分載され、探偵小説界では空前の反響を呼んだ。正史は「新青年」九月号を最後に「文芸倶楽部」の編集部に移っていたが、「新青年」十一月号に「陰獣縁起」を発表し、乱歩復活の舞台裏をこんなふうに披露した。

この小説は実は某雑誌社から頼まれて、一旦書いて渡してあったのだが、意に満ないところがあったので取返えして手を入れているところへ、私の手紙が行ったものである。そこで早速『新青年』の方へ廻してくれる事に決心したものらしい。

乱歩が新作をいったん完成させていたというのは正史の嘘で、正史が訪れたときには五、六十枚しか書けていなかった。完成稿をほかの雑誌社から廻してもらったとしたのは編集者の手腕や乱歩との親密さを自慢する記述と読めるが、そうした脚色こそが正史の憤りを暗に物語っているのかもしれない。

とはいえ、乱歩はホームグラウンドに見事に復帰し、探偵小説ファンは乱歩一代の傑作に快哉を叫び、ついでのことに編集者としての正史の名声も高まっていたはずで、正史には憤りのやり場などどこにも見つけられなかったことだろう。

若いころの正史には圭角を隠そうとしない挑戦的なところがあり、乱歩は初対面の印象を「相当自尊心も強く、こちらが年上なので、突っかかって来るようなところもあり」(『探偵小説四十年』桃源社、昭和三十六年)と書き留めている。だから正史には、編集者として乱歩の仕打ちに耐えることはできても、乱歩という友人への憤懣が胸中にわだかまるのを抑えることはできなかったのではないか。

たぶんその憤懣が火種になったはずだ。正史は乱歩への批判を小説に託すことを思いついた。乱歩の「双生児」と同じ主題に探偵小説本来の興味を盛り込むことで乱歩への異議を申し立てようとし、そうしたひそかな意図を冒頭のこんな英文に暗示した……。

A sequel to the story of same subject by Mr. Rampo Edogawa.

この年、乱歩は大日本雄弁会講談社の雑誌に活躍の場を求め、花形作家への階段を一気に駈け登り始めた。正史は「文芸倶楽部」編集部に籍を置き、かたがた短篇探偵小説の発表もつづけたが、めぼしい作品は残していない。正史が作家専業になるまではあと三年の、「本陣殺人事件」を発表して探偵作家の王位を乱歩から簒奪するまでにはまだ十七年あまりの歳月が必要だった。

野心を託した大探偵小説

「黄金仮面」は江戸川乱歩が大日本雄弁会講談社の雑誌に連載した長篇小説の三作目にあたる。昭和四年八月号から「講談倶楽部」に「蜘蛛男」を発表してたちまち読者の支持を集め、翌五年六月号で完結させると七月号から「魔術師」を連載、かたわら二か月後の「キング」九月号では「黄金仮面」を起筆するという売れっ子ぶりで、この三作によって乱歩は花形作家への階段を一気に駈けあがった。

乱歩は後年、といっても早いものでは昭和七年の随筆「探偵小説十年」あたりからだが、講談社の雑誌に発表した長篇をことさらに卑下しつづけた。「探偵小説を読みつけた読者には馬鹿馬鹿しい様な冒険怪奇小説でしかなかった」といった述懐をくり返し、一連の講談社ものは「自暴自棄」の産物だったと身も蓋もなく回想することさえあった。

いっぽうで乱歩は、執筆にあたって職業作家らしい計算を秘めていたことも隠していない。講談社が重んじた健全性や通俗性にはとりわけ配慮した。「蜘蛛男」は「少し位むごたらしい場面があっても構わないという諒解を得て、涙香とルブランとを混ぜ合せた様なものを狙って書き始めた」といい、「魔術師」では「通俗もののプロットは西洋の作品などから借りても構わないという考え方」に立って、ポーの短篇の着想を通俗化したと具体的な戦略まであからさまに語っている。

「キング」への初登場では「老幼男女だれにも向くようにという講談社的条件」をとくに強く意識し、「ルパンふうの明かるいもの」を心がけた結果、「黄金仮面」は自作長篇のなかで「最も不健全性の少ない、明かるい作」になったと控えめに回顧しているが、この作品に野心と呼んでいいほどのもくろみが託されていたことは、連載に先がけて「キング」八月号に掲載された「作者――江戸川乱歩氏曰く」であらかじめ明言されていた。

私は、最近、従来の「小探偵小説」を脱して、もっと舞台の広い「大探偵小説」へ進出したいと思っている。今回の『黄金仮面』は実にその第一歩である。

乱歩は明智小五郎の活躍を約束し、「恐らく読者を驚かせるに足る」相手役の存在も予告しておおいに宣伝に努めている。だが、いくら宣伝には大風呂敷がつきものだとはいえ、大探偵小説への進出という大言壮語はまさしく読者を驚かせるに足るものだろう。あるいは、大探偵小説とはいったいどんな小説なのか、読者はまずその点にとまどいを感じてしまうかもしれない。

大正五年、早稲田大学の卒業を前に乱歩は『奇譚』を作成した。少年期から愛読してきた内外の小説を網羅し、感想を記して体系化した肉筆の手製本である。序文に「plot ノ奇怪ナル romance」を好んだと自身の嗜好を告白したあと、乱歩はそうした小説を「curious novel」、つまり奇譚と総称した。

奇譚の系譜は押川春浪から黒岩涙香を経てポーやドイルらの探偵小説に至るが、「The Latest Detective Stories」と題された章の冒頭にはルブランの項が掲げられ、大探偵小説への傾倒が素直に表明されていた。原文の片仮名表記を海外の人名以外は平仮名に改めたうえで、乱歩二十一歳当時の飾りも偽りもない評言を以下に引用する。

ルブラン　仏ノモリス、ルブラン。原書も英訳も未だ知らぬ。春影の四訳によって間接に知るのみだ。その想の近代的に大なること、ある精神的なる部分のある事とが面白い。Doyle などのは文も短いが事件も興味こそあれ小さいことを否むことは出来ぬ。それに反してルブランのものは第一盗賊が偉大なる人格を供へて居る。この点に於て寧ろ盗賊小説と名附くべきものである。Boisgobey の想は可成に大であつたが彼以来 Doyle 流の短篇が歓迎された為に一時蔭を隠した長篇探偵小説がルブランにより偉大なるものとなつて復活したとも見られる。探偵と賊との会話など実に呼吸をも次げぬ面白さだ。これ又原作を是非読みたいものだ。彼の盗賊は常に予告を正確に実行する。この点に於てサーヂーのジゴマルに似て居る。(Zigomar) 然し Doyle の deduction を見ることは出来ぬ。Doyle は真に近いが之は小説に近い。一は naturalism であり、一は Romanticism であらう。兎に角ルブランの想の大には魅せられざるを得ぬ。

市井の事件を演繹的に解決するドイルの短篇から、雄大な構想を伝奇的に展開するルブランの長篇へ。乱歩は探偵小説にそうした変遷を見て取り、ルパンを主人公にしたルブランの長篇を大探偵小説の理想として仰いでいたとおぼしい。

大正十二年に探偵作家としてデビューしたあとも、大探偵小説への愛着は持続していた。まだ大阪に住んでいた大正十四年、名古屋の医学者で探偵小説も発表していた小酒井不木に宛てた七月七日付書簡では、同好の士による「探偵趣味の会」の座談会をこう報告して乱歩は野心を吐露している。

席上、探偵小説を盛んにする為には、何よりもいゝものを書くことが先決問題であること、それには、これまでの創作は余りじみなものばかりで、面白味に欠くる所がある故、もつとリユパン式の変化あるものを書かうといふこと、など申合せました。これは柄にもない小生の発議です。なんとかしてそんなものが書き度いと思ふのです。

ルブランに範を取った「黄金仮面」は年来の宿願を実現すべく執筆された長篇だった。素顔を隠した盗賊と名探偵との闘争は多くの読者の喝采を浴び、昭和六年に配本が始まった平凡社版江戸川乱歩全集ではセルロイド製の黄金仮面が宣材として一役買うほどの人気を博した。

だが乱歩には誤解があった。デビュー以降は海外の探偵小説を読まなくなり、翻訳された西洋短篇などは軽蔑していたという乱歩は、昭和七年になってようやく「英米の「黄金時代」の本格長篇」に眼を開かれる。英米の探偵小説界にはロマンチシズムを骨格とした大探偵小説は見当たらず、筋立ての面白味や変化ではなく厳密な論理性に主眼を置いた長篇が潮流を形成していた。乱歩は探偵小説の成熟を知って驚喜したものの、探偵作家としては奇譚への回帰をくり返して千篇一律の長篇を書きつづけるしか道はなかった。

新たに発見した本格探偵小説への情熱と、少年期から親しんだ奇譚への偏愛と。両者に引き裂かれて乱歩は混乱を抱え込む。その混乱は乱歩に、戦後の評論集『幻影城』で「謎」と「秘密」を不用意に取り違えたとしか思えない探偵小説の定義を発表させ、『続・幻影城』ではトリックの収集と分類という徒労を強いる結果を招いたが、それを詳述している余裕はない。

昭和十一年、乱歩は講談社の「少年倶楽部」に舞台を求めて「怪人二十面相」を連載した。「筋はルパンの焼き直しみたいなもので、大人ものを書くよりこの方がよほど楽であった」と回想は正直で素っ気ないが、探偵小説としての批評が及ばない少年雑誌こそ、乱歩にとって大探偵小説への夢を縦横に開花させられる領土だった。探偵と怪盗の対決が息をも継がせぬ奇譚の数々を、乱歩は晩年まで長く語りつづけて倦むことがなかった。

乱歩と三島　女賊への恋

三島由紀夫の戯曲「黒蜥蜴」は昭和三十六年の「婦人画報」十二月号に発表され、翌年三月、東京のサンケイホールで上演された。初代の水谷八重子が黒蜥蜴を、芥川比呂志が明智小五郎を演じ、演出は三十一年の「鹿鳴館」で初めて三島と組んだ文学座の松浦竹夫が手がけた。同じ三月、三島の戯曲をもとに新藤兼人が脚本を書き、京マチ子と大木実が主演した井上梅次監督の大映映画「黒蜥蜴」も公開された。『定本三島由紀夫書誌』の関係記事・参考文献目録によれば、舞台とスクリーンの「黒蜥蜴」を扱った新聞や雑誌の記事は三十八本を数え、東京オリンピックを二年後に控えて浮き立つようだったこの国にたわいない芸能ニュースを提供したことが知られるが、作中のせりふを借りれば「時代おくれのロマンチスト」のように「きらびやかな裳裾を五米も引きずつてゐる」お芝居だと映ったのか、演劇も映画もたいした評判は呼ばなかったらしい。

原作となった江戸川乱歩の「黒蜥蜴」は昭和九年、「日の出」に連載されてその年のうちに刊行された。作者みずから「おそろしくトリッキイでアクロバティックな冒険物語」と記しているとおり、従来の残虐さは影をひそめてスピーディな活劇が展開される異色作だったが、出版から一年あまりで二・二六事件が勃発する世情には受け入れられず、やはりさしたる話題にもならないまま打ち過ぎていた。昭和三十七年の初演当時となると、松本清張に牽引された社会派推理小説ブームが読書界を席捲していた時期で、乱歩は作家としてはすでに完全に過去の人だった。約束を着実に果たしてゆくような勤勉さを示す三島の作品目録や上演目録を眺めても、「黒蜥蜴」というタイトルは遊びの気配を帯びてどこか童話めいた、悪くいえばB級作品の印象で周囲の作品に埋もれている。

黒蜥蜴という女賊が脚光を浴び、オペラや宝塚歌劇にもアレンジされるほどの当たり狂言になったのは、初演から六年後の昭和四十三年、三島の懇請によって丸山明宏が黒蜥蜴に扮した再演がきっかけだった。この年から学園紛争が高まりを見せ、演劇や映画、美術の分野ではアングラと呼ばれる前衛的な芸術観が流行して、緑川夫人が「宝石も小鳥と一緒に空を飛び、ライオンがホテルの絨毯の上を悠々と歩き」と夢想した世界を思わせないでもない時代相がつかのま現前していたことも、あるいは無縁ではなかったかもしれない。もっとも、そんな時代がとっくに過ぎ去ってしまったあとも、黒蜥蜴は依然として丸山から改姓した美輪明宏の当たり役として上演されつづけている。乱歩の小説も、三島の戯曲も、美輪明宏という表現者の類のない個性に照らされて現代に生きているというべきか。

三島由紀夫の「黒蜥蜴」は、まずバレエ台本として構想された。昭和三十二年、小牧バレエ団から依頼を受けたものの「つひにチャンスを逸した」と三島は記しているが、小牧バレエ団が乱歩の「黒蜥蜴」を指定して台本を頼んだのか、それとも作品の選択まで三島に任されていたのかは判然としない。確認しておく必要があるだろう。

小牧正英は明治四十四年、岩手県に生まれたバレエダンサーで、本名は菊池栄一。昭和二十二年に小牧バレエ団を設立し、平成十八年に九十四歳で死去した。振付師としても多くの作品に携わったが、昭和三十年に横光利一の「日輪」をバレエ化しているのが眼につく。小牧は演出と振付を担当し、卑弥呼に恋情を抱いた敵国の王子の役で舞台にも立ったが、古代の女王を描いたあと、暗黒街の女王をプリマとした創作バレエを企画したとしても不思議ではない。「日輪」も「黒蜥蜴」もリアリズムとは一線を画し、恋を縦糸にしたロマネスクな物語をモダニズムの領域にくりひろげた小説で、二十代から上海という国際都市を拠点に活躍したダンサーの感覚に訴える素材であったことは間違いない。

三島が乱歩に「黒蜥蜴」脚色の許可を求めたいきさつは、乱歩自身も記録している。昭和三十三年、みずから編集していた「宝石」の十月号に三島ら演劇関係者を招いた座談会「狐狗狸の夕べ」を掲載した乱歩は、その「まえがき」にこう書いていた。

三島さんは昨年アメリカへ行かれる直前、私のところへ電話をかけて、「小牧正英バレエ団にたのまれたから、あなたの旧作「黒トカゲ」(女賊を主人公とする通俗もの)をバレエに脚色したい。承諾して下さい。アメリカから帰ったら脚色に着手する」という申込みをされた。三島さんはああいう私の通俗ものも読んでいるらしく「あれは面白かった」といわれる。私は意外に感じたが、旧作を三島さんが脚色してくれるというのは楽しいことなので、承諾しておいた。それが三島さんの外遊中にバレエ団の事情で中止になったので、そのことについてお話があった。

ここにも明快な事実は語られていないが、あえて独断を書きつけておくなら、乱歩の「黒蜥蜴」が新しい照明によって浮かびあがることになる端緒は、この小牧正英という上海帰りの舞踊家によって開かれたと見るべきではないか。なお、小牧は『バレエと私の戦後史』という自伝を残しているが、実現しなかった「黒蜥蜴」への言及はさすがに見られない。もうひとつ余談を記しておくと、小牧はわずかながら映画にも出演しており、ともに昭和三十二年に公開された石原均監督の東映映画「少年探偵団　二十面相の復讐」「少年探偵団・夜光の魔人」では、波島進の明智小五郎を相手に怪人二十面相を演じている。三十二年はまさに小牧が三島にバレエ台本を依頼した年だが、二十面相に扮したことが小牧に黒蜥蜴というもうひとりの盗賊を思い出させた可能性も、あながち否定できるものではないだろう。

三島由紀夫による乱歩の「黒蜥蜴」評と戯曲化の要諦は、「「黒蜥蜴」について」と「関係者の言葉」に簡潔にまとめられている。三島は「少年時代に読んで、かなり強烈な印象を与へられた」と回想し、「子供の頃読んだ江戸川さんのものでは一番ロマンチックなもの」との評言も述べているが、「黒蜥蜴」が連載されたのは三島が九歳のときのことだから、伝えられる祖母の厳格な掣肘のもとで娯楽雑誌を手に取れたかどうかは疑わしい。ただし三島が少年時代から乱歩作品を愛読していたのは事実で、「狐狗狸の夕べ」にはこんな回顧が語られている。

三島　ぼくは江戸川乱歩も好きだったね。掛値なしに。「二十面相」時代からですね。「少年クラブ」からずっと読んで、「孤島の鬼」が好き、「パノラマ島奇談」も好きだったな。

「少年倶楽部」に寄せた三島の愛着は、奥野健男の『三島由紀夫伝説』からも知ることができる。三島より一歳年下だった奥野は「ぼくはかつて故郷のない都会の少年にとってなつかしい故郷は《少年倶楽部》のページの中に潜んでいると書いたことがあったが、三島由紀夫はその文章に全面的に共感してくれた」と述懐し、三島が「怪人二十面相」や「妖怪博士」、「明智小五郎の活躍する」作品に熱中したと語ったというエピソードを紹介したあと、「自分の文学は芸術的童話ではなくこれらの《少年倶楽部》のロマンや冒険物によって形成され、今日も歴然としてその影響があることを誇りに思うと広言したこともあった」と三島を偲んだ。

乱歩と三島がいつ、どこで知り合ったのかはわからない。乱歩が「狐狗狸の夕べ」の「まえがき」に「歌舞伎の楽屋なんかでたびたびお会いしていた」と書いていることから判断すれば、親しく言葉を交わしたのはこの座談会が初めてだったとおぼしい。乱歩はつづけてこうも記している。

三島由紀夫さんは探偵小説に興味をもっておられるだろうと勝手に考えていたのだが、話してみると、ポーのほかには、ほとんど読んでいないということで、実は意外であった。しかし、三島さんには「宝石」に探偵小説を書いてもらいたいという下心があったので、座談会の前に、そのことをお願いしてみたが、「怪奇小説なら書けるかもしれないが」ということで、それも確答は得られなかった。

三島は推理小説を嫌っていた。昭和三十五年の「推理小説批判」では「推理小説ばやりの風潮に背を向けて、私は長らく推理小説ぎらひを標榜してきた」と冒頭に宣言し、名作とされるクイーンの「Yの悲劇」を読んでもなお「推理小説ぎらひはなほりさうもない」と断言しているほどで、「関係者の言葉」に見られる「隣近所のリアリズムがもてはやされてゐるので、絶対に隣近所に発生しないリアリズムを出したいと思つてゐる」との表明は、一世を風靡していた松本清張らの社会派に投げた挑戦でもあっただろう。

「狐狗狸の夕べ」では、「怪人二十面相」をめぐってこんな会話も交わされていた。

三島　あれ読んで探偵小説が好きになる人がある。それからあとで、そのまま探偵小説を愛読する人と、そうでない人と別れてくるんじゃないですか。

江戸川　僕の怪奇ものなんか読んでた子供は、中学に入ると探偵小説からはなれてしまう。僕のはほんとうの探偵小説が少ないのでね。

三島も乱歩の少年ものを愛読しながら、探偵小説好きにはならなかった。謎解きには興味を惹かれず、「孤島の鬼」や「パノラマ島奇談」に濃厚な乱歩独特の猟奇趣味を好んだ。「黒蜥蜴」を書き替えるにあたっても探偵小説としての構成には重きを置かず、女賊を舞台中央に据えて作劇を進めた。女賊というモチーフを介して、三島はみずからの資質と嗜好を乱歩作品に、緑川夫人のせりふになぞらえれば「物と物とがすなほにキスをするやう」にして重ね合わせたといっていいだろう。

乱歩の「黒蜥蜴」は様式的な劇化にふさわしいストーリーをもっていたが、三島は女賊と探偵の恋という筋立てに強いアクセントを与えた。魅惑的な姿態と容貌をそなえた乱歩の女賊は、ときに僕という一人称をつかって立役めいた言葉で会話し、手下の男たちを頤使して「考え方によっては馬鹿馬鹿しいトリックを、平然として実行する肝っ玉」を与えられていた。その点もいかにも演劇的で、歌舞伎の女形を連想させさえする。「人間感情のすべてを女性的表現で濾過することのできる」歌舞伎役者を描いた昭和三十二年の短篇「女方」に、三島は「女方こそ、夢と現実との不倫の交はりから生れた子なのである」との見立てを述べているが、黒蜥蜴という女賊もまた、二人の作家がめいめいに夢と現実を交差させた地点に生まれた幻影にほかならなかった。

「黒蜥蜴」は少年ものを除けば江戸川乱歩唯一の女賊ものだが、美術品や宝石ばかりを狙う風変わりな盗賊の物語としては、昭和五年から六年にかけての「黄金仮面」を受け、十一年の「怪人二十面相」の先駆をなす作品だといえる。乱歩がもくろんだのはルブランが生み出したアルセーヌ・ルパンの換骨奪胎で、黄金仮面はもとよりルパンのかりそめの姿であり、黒蜥蜴も作中に「女アルセーヌ・リュパン」と明記された盗賊だった。怪人二十面相が「ルパンの焼き直しみたいなもの」だったという乱歩の言は、ここにいまさら紹介する要もない。

「黒蜥蜴」が書かれる以前にも、女賊というモチーフへの興味は乱歩の初期短篇に見え隠れしていた。たとえば「屋根裏の散歩者」には、「なろうことなら、昔活動写真で見た、女賊プロテアの様に、真黒なシャツを着たかったのですけれど」と大正二年に日本で公開されたフランス映画に託してそれが語られているし、「火星の運河」には性的な同一性を見失ってしまうことの快楽が、精神は男のままで「豊満なる乙女の肉体」に変貌した語り手の喜びとして表現されている。そうした傾向が女賊を生む土壌だったことは疑えないが、黒蜥蜴の遠い先蹤は黒岩涙香がボアゴベ作品を翻案した「片手美人」に求められるべきかもしれない。

「片手美人」の主人公はポーランドの公爵令嬢で、ロシア政府の圧制に抵抗する愛国者組織を統べる首領だが、文字どおりの絶世の美人として登場する。乱歩は大正五年に再読して「面白シ」とメモを残しているが、祖国のために機密書類を盗もうとしてパリの銀行に手下と忍び込み、機械仕掛けの罠に片手を捉えられると手下に自分の手首を切断させて逃げ去った女賊、終幕には毒によって死を迎えるその貴婦人が、黒蜥蜴のひとつの原型だったと考えることも不可能ではないだろう。

乱歩と三島がそれぞれに主題とした女賊の恋、あるいは、男性と女性が一身に宿ったような女賊という不思議な存在への二人の作家の恋は、いわば美のはかなさを彩りとして描かれていた。肉体の美を永遠に地上にとどめたいという夢想は乱歩がくり返し作品化したところだが、三島はそれに共鳴してさらに増幅し、「よく出来た生人形」に黒蜥蜴の恍惚と不安を鮮やかに結晶させた。だが、むろん夢想は夢想に過ぎず、昭和三十五年、乱歩は東都書房版日本推理小説大系の自身の巻に寄せた「作者のことば」に、こんなうちつけな晩年の告白を残すことになる。

還暦をすぎる五年余の今まで生きているなどとは、実に思いもよらないことであった。青年時代には老醜たえがたきを予想していたが、年とってみれば、またちがった考えになる。血圧があがれば降圧剤を服用して、長命を計りもするのである。これが生物というものであろう。

江戸川乱歩はそれからなお五年を生き、三島由紀夫はさらにその五年後、昭和四十五年に四十五歳で自決した。「きれいな人たちだけは決して年をとらず、国宝の壺と黄いろい魔法瓶が入れかはり、世界中のピストルが鴉の群のやうに飛び集まつて」という緑川夫人の夢はすでに去り、死の年の夏、三島が「私はこれからの日本に大して希望をつなぐことができない」と前置きして「私の中の二十五年」に「或る経済的大国が極東の一角に残るのであらう」と予言した時代もどうやら過ぎて、三島が予想もしなかった変質がこの国に訪れようとしているかに見えるいま、女賊への恋はステージの奥に退いてほのかな影となり、ホリゾントは静かに光を失いつつあるのかもしれない。

「鬼火」因縁話

……「新青年」の探偵小説の挿絵などにある、矮小な体軀に巨大な木槌頭《さいづちあたま》をした畸形児、――あれに感じが似ている…　「細雪」谷崎潤一郎

横溝正史の「鬼火」は昭和十年、「新青年」の二月号と三月号とに分載された。正史が結核の転地療養先、長野県諏訪郡上諏訪町で執筆した最初の小説であり、竹中英太郎が絵筆との訣別を決意したうえで挿絵を手がけた作品でもあった「鬼火」は、前篇の一部が当局の忌諱に触れ、二月号がページを切り取って販売されたというエピソードも残している。翌十一年に二・二六事件が勃発し、さらに翌年には盧溝橋事件が日中戦争の戦端を開くこ

とになるその時期、正史は冬籠るようにして療養と創作に日を送り、英太郎は勇躍して満洲の大地に立った。長く暗い旅のような時代が始まっていた。

東京へ

横溝正史と竹中英太郎が初めて顔を合わせたのは、昭和三年初夏のことだった。場所は小石川区戸崎町にあった博文館。満年齢で、五月生まれの正史は二十六歳になったばかり、英太郎はまだ二十一歳の青年だった。この日に至るまでの両者の略歴をたどっておく。

＊

横溝正史は明治三十五年、神戸市東川崎町に生まれ、大正十三年、大阪薬学専門学校を卒業して家業の薬種業に従事した。十五年七月、すでに交友のあった江戸川乱歩に招かれて上京し、八月にはそのまま博文館に入社、十月号から「新青年」の編集に携わった。翌昭和二年三月号で森下雨村の後任として編集長に就任すると、明朗で軽快な都会的感覚をふんだんに誌面に盛り込み、探偵小説の牙城だった「新青年」にモダニズムという清新な魅力を加えた。

誌面の刷新は挿絵にも及んだ。正史は昭和二年八月号の編集後記「編輯局より」に、

「新青年」を代表する画家だった松野一夫が家庭の事情で思うように筆がとれず、「そこへ持つて来て、急に挿絵を殖すことにしたものだから、他に適当な画家が見附からず、大分無理をした」と明かして、「それにしても、もう一人ぐらゐ、松野氏と一緒に本誌を飾る画家を欲しいと思つてゐる。それにはどうしても若い人に勉強して貰はなければならない」と編集者としての懸案も表明していた。

「新青年」は毎月五日に店頭に並んだ。昭和三年五月五日発売の六月号は臨時増大号とされ、正史は坂井三郎名義で訳したファーガス・ヒュームの「二輪馬車の秘密」を呼びものとした。完訳すれば五百枚になる長篇だったが、ほぼ半分の長さにして黒岩涙香ばりの訳筆をふるい、「編輯局より」には「原作よりこの飜訳の方が遥かに面白い」と自信を示した。すかさず反応したのは江戸川乱歩だった。乱歩は前年三月から休筆をつづけていたが、六月号発売の翌日、正史の訳文を批評した長い手紙を送ってよこした。正史は乱歩がふたたび書く気になったと直感し、乱歩のもとに新作依頼の足を運ぶ。五月七日か八日のことだったという。

＊

竹中英太郎は明治三十九年、福岡市上名島町に生まれたが、生後九か月で父親を失い、残された母親と子供七人の生活は「悲劇といふよりも惨劇に近かつた」と回顧している。兄と姉は家を出て給仕や丁稚、女中として働き、盲目で半狂人だった姉までもが旅の雲水に誘拐されて、といった悲運の果てに母親と末弟の英太郎だけが家に残った。小学校に入学する以前、英太郎は薄暗いランプの下で石川五右衛門や猿飛佐助の絵を描きながら、勤めから帰る母親を待ちつづけた。

母親は熊本県飽託郡大江村、現在の熊本市中央区大江にあった娘の嫁ぎ先を頼り、小学生の英太郎を連れて身を寄せた。英太郎は県立熊本中学校に進学したものの、学費がつづかず大正十年に中退、熊本警察署に給仕として勤務した。しかし翌年には退職し、自称「十七歳の血気のアナルコ・サンジカリスト」は革命をめざして労働運動に身を投じる。十三年にはオルグのため筑豊炭鉱に労働者として潜入したが、半年ほどで敗北を自覚し、本格的な勉学を志してその年の秋、東京に向かった。

東京では英語と絵画を学んだというが、生活費や学資は雑誌の挿絵で捻出した。昭和二年にはこの年、大阪から東京に移転したプラトン社を訪ね、熊本県出身の西口紫溟に面会を求めた。西口は三月号から「クラク」に表記を変えた「苦楽」の編集長だったが、英太郎の挿絵見本を眺めて首をかしげながら、あなたの絵は妖気に充ちみちていると口にした。それでも英太郎は挿絵画家として採用され、「クラク」十一月号で大下宇陀児「盲地獄」と本田緒生「罪を裁く」、翌三年には一月号で山口海旋風「興安紅涙賦」の挿絵を担当、プラトン社の専属画家として雇用される話もまとまった。

英太郎は豊多摩郡落合町下落合に家を借りていた。周辺には熊本県出身者による一種のコロニーが形成されており、やはり熊本県人で平凡社の現代大衆文学全集を企画した橋本憲三も居住していた。その縁で昭和三年三月刊行の第七巻『小酒井不木集』に挿絵を描いた英太郎は、画料を手にすると熊本に帰り、母と姉、姪の合計四人を東京へ引き取ると約束して東京に戻る。しかし、プラトン社は「クラク」と「女性」の五月号を最後に出版活動を停止し、倒産の危機に瀕していた。

英太郎は困惑したが、挿絵画家として生計を立てる以外に道はなかった。橋本憲三に白井喬二への紹介状を書いてもらうと、白井は「新青年」編集部の横溝正史に宛てた紹介状を用意してくれた。博文館は日本橋区本石町の社屋を関東大震災で失い、小石川区戸崎町の社長宅に編集部を移転していた。古い広大な邸宅を訪れた英太郎は、畳のうえにテーブルと椅子を置いた一室で正史と対面する。

暗い絵

昭和十年の「「陰獣」因縁話」に、竹中英太郎はその日のことをこう綴っている。

なつかしい小石川戸崎町に博文館の編輯部があつた頃だ。蓬髪の小柄の青年、どこかに人懐こさをもつた人、が横溝正史氏であつた。私の差出した「苦楽」の絵を暫く眺めてから、「ちよつと待つて下さい」と奥へ入つて行つた横溝氏は、やがて、「苦楽の絵では新青年には困りますが、とにかくこれを画いてみて下さい。」とその手には部厚な封筒入りの原稿があつた。私は呆気にとられた。予期しないことだけに言葉も出ないやうな嬉しさだつた。救はれた。万歳！　と叫びたいやうな内心の感謝と喜びに、その原稿については別段深い注意もしなかつたのであるが、なんと驚くべきことに、その原稿こそは、江戸川乱歩久方ぶりの再起作、あの有名な「陰獣」だつたのである。

四十九年後の「横溝さんと「陰獣」」でも、「陰獣」の原稿を「横溝さんは初対面の、どこの馬の骨ともわからぬ素寒貧少年の私に、ためらいもなく、手渡してくれたのである」と英太郎は回想し、さらに四年後のインタビュー「モボ・モガも新人類も大いに結構」ではこんなことも語っている。

横溝正史って人も、まことに風采の上がらん田舎の青年みたいな人でしたね。私が『苦楽』に描いた絵を見て、少し白っぽいですね、暗くしてみませんかと、こう言うんですよ。あれっと思っているうちに原稿をくれたんです、それが江戸川乱歩の「陰獣」。

＊

江戸川乱歩が一年三か月に及ぶ休筆を終えて発表した「陰獣」は、昭和三年の「新青年」八月夏期増刊号、九月号、十月増大号と三回にわたって掲載された。発売日は七月二十日、八月五日、九月五日ということになる。

だが、竹中英太郎が「新青年」の挿絵を手がけたのは「陰獣」が最初ではなかった。七月号の川崎七郎「桐屋敷の殺人事件」と甲賀三郎「瑠璃王の瑠璃玉」、八月号の甲賀三郎「ニウルンベルクの名画」の三作に、いずれも英太郎の絵が添えられている。七月号が書店に並んだのは六月五日だから、挿絵は当然それまでに完成していなければならない。六月号の「編輯局より」には、「瑠璃王の瑠璃玉」の原稿がすでに手許にあるという正史の前宣伝も記されている。ところが「陰獣」の末尾には、脱稿の日付が「昭和三・六・二五」

と明記されていた。乱歩は「陰獣」を最後まで書きあげてから正史に渡したはずで、だとすれば英太郎がその原稿を受け取ったのは六月二十五日以降のことになる。英太郎はいったいいつ、七月号の挿絵を依頼されたのか。

推測を連ねてみよう。英太郎が博文館を初めて訪れたのは、昭和三年五月のある日だった。正史が二十四日の誕生日を迎える以前だったかもしれない。その日、英太郎は正史から七月号に掲載する二作品の挿絵をまかされたが、正史は「桐屋敷の殺人事件」の絵を暗くするようにと注文をつけた。「陰獣」はまだ完成していなかったものの、乱歩からストーリーとトリックを聞かされていた正史は、英太郎の画才に惹かれて挿絵を描かせてみたいと思いついた。それも「クラク」とは一線を画すべく、これまでにない斬新な作風を求めた。「桐屋敷の殺人事件」は正史が川崎七郎名義で書いた小説で、筆名は経営していた薬種商が神戸市の東川崎町七丁目にあったことに由来するものと推測されるが、ともあれ正史はその自作を素材として、眼の前に現れた若い画家の可能性を試そうとしていた……。

英太郎はもともと画家になりたかったわけではなく、西口紫溟から妖気を指摘されたときにはこんなことを感じたという。

私はひやりとした。なるほど、自分としては一生懸命に美男や美女を描いたつもりなのだが、元来基礎的なものはなし修練はなし、たゞなけなしの画才をもつて悪戦苦闘の末でつち上げた美男美女の像だ。からだの不均衡さといひ、かほかたちの面妖さといひ、まことにそれは妖気満々たるものであつたに違ひない。

探偵小説の挿絵には、種明かしは描けないという制約があった。そのため英太郎は「なんとなく動的な線や、得体の知れぬ明暗や、猥雑な小ものやを怪奇幻妖に構成することによつて、これは一体なんだらう、といふ疑問からとにかく読んでみやうと読者に思はせることを主眼として、どうやらやつと最初の挿絵を画き上げた」というが、手探りでようやく身につけた探偵小説用の独自の手法は、「新青年」へ舞台を移して反転したかのような極端な変化を見せる。

ふたたび推測になる。英太郎が持参した「新青年」七月号の挿絵を見て、正史は一驚を喫したにちがいない。「瑠璃王の瑠璃玉」は「クラク」と同じく背景を白く抜き、くっきりと硬い描線で仕上げられた画風だったが、「桐屋敷の殺人事件」には見たこともない技法が実現されていた。五点の挿絵はどれも木炭をなすったように茫漠とした印象で、人物は薄闇から濃い闇が滲み出るようにして描かれている。明確な線などどこにもない。点描の濃淡ですべてが表現され、世界は朦朧としてひどく謎めいていた。暗い絵を、という正史の指示に従って工夫を重ね、英太郎がたどり着いたまったく新しい画境だった。必ずこの暗いタッチで、と念を押したうえで、正史はためらうことなく英太郎に「陰獣」の原稿を託した……。

竹中英太郎が「新青年」に登場した当初の挿絵から判断すれば、慧眼の編集者が異能の新進画家を新生面に導いた軌跡がおのずから浮かびあがる。初対面で「陰獣」を手渡されたと英太郎がくり返し回顧しているのは、単なる記憶の錯誤か、そうでなければ潤色だったのではないか。「横溝さんと『陰獣』」には正史の「鬼火」を「自分の最後の挿絵」にしたとあるものの、実際には「鬼火」から五か月後、「講談倶楽部」昭和十年八月号に掲載された保篠龍緒の「夜怪乱陣」に英太郎の挿絵が添えられている。自己の来歴を劇的に語ることを好んだ英太郎にとって、乱歩の「陰獣」で一躍寵児となり、正史の「鬼火」を生涯最後の挿絵にしたというのが、文章で描いた挿絵画家としての自画像だったと見るべきだろう。

*

「陰獣」は探偵小説界で空前の評判を呼び、竹中英太郎の挿絵も読者に強烈な印象を残した。その年に結婚し、熊本から母と姉、姪を新居へ呼び寄せた英太郎は、たちまち「挿画家としての押しも押されもせぬ独自の地位を獲得した」と振り返るほどの花形となった。念願の新人を発掘し、松野一夫と並び立つ「新青年」の画家として送り出した横溝正史は、「陰獣」第二回が掲載された九月号を最後に「文芸倶楽部」編集部に移った。

第一回だけで中絶された「桐屋敷の殺人事件」以降、正史と英太郎が組んだ雑誌掲載作品をあげておく（追記：英太郎作品に詳しい西原裕二氏（熊本市）の教示を仰いだ）。これ以外にも未確認の作品が存在している可能性がある。

双生児　「新青年」昭和四年二月新春増刊号
猫目石の秘密　「少女世界」昭和四年七月号
喘ぎ泣く死美人　「講談雑誌」昭和四年七月増刊号
芙蓉屋敷の秘密　「新青年」昭和五年五月号－八月号
髑髏鬼（河原梧郎名義）　「文芸倶楽部」昭和五年十二月号
鋼鉄仮面王　「少年世界」昭和六年八月号－十月号
地下街の崩壊（連作「諏訪未亡人」第五話）　「新青年」昭和七年二月号
憑かれた女　「大衆倶楽部」昭和八年十月号－十二月号

昭和七年八月、新潮社の新作探偵小説全集第十巻『呪いの塔』が刊行された。正史の書き下ろし長篇を英太郎の挿絵が飾った一冊で、両者がコンビを組んだ唯一の書籍となった。函の装画はプラトン社出身の装幀家、山六郎が描いた。

水と火

横溝正史を「新青年」に迎え入れた初代編集長、森下雨村は昭和六年に博文館を退社した。社長の大橋進一との軋轢が原因だった。正史は「文芸倶楽部」から「探偵小説」の編集部に転じていたが、「探偵小説」の廃刊が決まったのを機に退職を決意する。七年十一月に博文館を去り、作家専業となったその翌年、五月七日に正史は大量の喀血を経験した。江戸川乱歩から諏訪郡富士見村の富士見高原療養所での療養を勧められ、七月から三か月間、正木不如丘院長のもとでサナトリウム生活を送ったものの、東京に戻っても執筆どころではない病状がつづいた。九年春、「新青年」編集長の水谷準から一年間の執筆禁止と転地療養を勧告され、月々の生活費援助を約束された正史は七月、妻子とともに正木の本宅がある上諏訪に向かった。

正木から富士見は寒いからと上諏訪へ誘われた正史は、旅行で訪れたことのある諏訪湖を背景に小説を書きたいと思い立ち、腹案を練り始める。「鬼火」というタイトルは、東京を発つときにはもう決まっていた。正史はその題名に強い執着をおぼえ、執筆中も「だれかに先を越されはしないかということを懼れた」と回想しているが、湖、川、氷、と冷え冷えした水のイメージを湛えながら語られる「深讎綿々たる憎念と、嫉妬と、奸策の物語」は、夜光虫を前触れとして、巨大な花火、さらに鬼火と、熱のない火のイメージを明滅させて幕を閉じる。当初から正史の眼に映じていたはずの湖水と鬼火の対比は鮮やかで、まさに風が飄々と湖面を吹き渡るような余韻を残さずにはいない。

しかし、構想はまとまっていても執筆は難渋をきわめた。昭和五十年の「淋しさの極みに立ちて――「かいやぐら物語」の思い出」に、正史はこんな回想を残している。

昭和九年の秋から冬へかけて私は「鬼火」百六十枚をかいた。それはまことに辛気臭い仕事で、一日に三枚か四枚しか書けなかった。しかも机にむかっている時間以外はベッドに仰臥して、ひたすら安静を心掛けているのだから、気分転換のはかりようがなく、明けても暮れても明日書くべき文章のすみずみにまで思いを走らせているのだから、これでは心悸亢進を起こすのもむりはない。こうして三ヵ月ほどかけて「鬼火」を完成したとき私は疲労困憊の極に達していた。なおそのうえに前篇が当局の忌避にふれ掲載誌の「新青年」が削除の厄に遇うという悲運に直面しなければならなかった。私の怒り、痛恨もさることながら、世話になった水谷準にたいする申し訳なさに身を焼かれる思いであった。しかも、私はその怒りをどこにぶっつけるわけにもいかなかった。私はまたぶり返してきそうになった病気を抑えるために、ただただ心身の安静を保つべく努力しなければならなかった。

「それは暗澹たる地獄の生活だった」とも正史は振り返っている。一日に半時間と決めて一枚、二枚と書き進め、「健康と才能にたいする自信の欠如、ことに才能に対する不安」に絶望しながらようやく脱稿した「鬼火」は、「新青年」では昭和八年一月号の「面影双紙」以来、翻訳や雑文を除くとほぼ二年ぶりの新作となった。結核によって思わぬ転地療養を強いられた正史が、おそらくは再起への執念に支えられて完成させた作品だった。

竹中英太郎もまた岐路に立っていた。挿絵画家として盛名を馳せ、放蕩にも身をまかせていた英太郎は、「勉学はどうした！　世直しの熱願はどこへ行った？　仕事の徹夜とともに、夜半輾転と寝られぬ夜も多かった」という苦悩の果てに画業との絶縁を決心する。その英太郎に「鬼火」を担当させたのは水谷準の采配だろうが、正史がギリシア悲劇を思わせる単純な構成で描き尽くした男女三人の愛憎劇を、英太郎はどこか畸形児じみた役者が簡略な装置だけで演じる仮面劇のような八点の挿絵に仕上げ、正史の復活と自身の引退をまさしく妖気に充ちた官能美で彩った。

＊

「鬼火」前篇を掲載した「新青年」昭和十年二月号は、発売直前に内務省から部分的な削除を命じられた。当時の出版法では発行の三日前に内務省に納本することが義務づけられ、「安寧秩序ヲ妨害シ又ハ風俗ヲ壊乱スルモノ」は発売頒布を禁じると定められていた。だが二月号は発売禁止とはならず、検閲に抵触したページを切り取れば販売することができた。「鬼火」前篇は一八頁から五一頁まで三十四ページにわたって掲載されていたが、三七頁から四五頁まで、とはいえ四五頁の裏面も含まれるから合計十ページが削除されて書店に並んだ。本書でいえば、三七頁五行の「させながら、奥の方へ行つてしまつたので、」から五四頁一行の「すぐ言葉をそらしてしまふのです。」までが、その十ページに相当する〔追記：創元推理文庫『横溝正史集　日本探偵小説全集9』でいえば、三六頁一八行の「させながら、奥の方へ行ってしまったので、」から四九頁一五行の「すぐ言葉をそらしてしまうのです。」まで〕。

水谷準は三月号の「編輯だより」に「二月号が発売以前その筋の命令によつて削除を行

ひ、愛読者諸君には大分御迷惑をかけた」と報告し、「鬼火」後篇には「前篇梗概」を附して事態を収拾した。正史の失意はひとかたではなく、孝子夫人は正史の没後、「主人はその知らせをきいて気も狂わんばかりに歎き、悩み、夜眠れぬ日が続いたのでした」と回想し、「二人で死のうかなんて、本気で言ったことがあるんですよ」とも語っている。

＊

大正十年の「新青年」投稿作品「恐ろしき四月馬鹿」から昭和五十五年刊行の長篇「悪霊島」まで、ほぼ六十年にわたる横溝正史の作家活動は大きく三期に分けられる。第一期は博文館を退社するころまで、昭和二十一年の「本陣殺人事件」で本格探偵小説に移行するまでが第二期とされ、「鬼火」をその時期の代表作とする評価はすでに定着している。賞賛の言は数多いが、ここには江戸川乱歩が十年九月に発表した「日本の探偵小説」から「横溝正史」の項の結びを引いておく。

彼は今病を養う為に一家を挙げて東京を離れているのであるが、その孤独の境に於て、彼の情熱がひたすら文学に向って注がれていることは、「鬼火」「蔵の中」の恐ろしい迫力と、新工夫を施された名文とによって察することが出来るのである。

廃園で

「鬼火」を表題作とした短篇集『鬼火』は昭和十年九月、春秋社から出版された。「新青年」十月号に掲載された広告には「「鬼火」はその陰惨濃艶無類の描写を以て発売禁止の厄に遭ひ、一部改作せしもの」と検閲による処分をむしろ奇貨とするような宣伝文も見られるが、処分に遭った内容のまま「鬼火」を世に出すことはもとより不可能で、正史は改稿を余儀なくされた。

初出と初刊のテキストを比較してみると、「五」から「八」にまたがる削除ページでは検閲を意識して大幅に稿が改められ、「十二」の代助と万造が争うシーンにも手が入れられたほか、初稿で書き急いだのを補うためか、最終章の「十三」にも丹念に筆が加えられている。たとえば初出に「その翌日警部が訪ねて来た時、アトリエの中には代助が唯一人」とある冒頭は、初刊では天候や湖水の描写に筆を費やしたあとようやく警部が登場しており、落ち着いた筆の運びが終幕の惨劇に深い陰翳を与えているが、逆に初出には執筆時の心理や生理が息づくように反映されているといっていいだろう。

以後、「鬼火」はこの春秋社版をもとに出版されていたが、昭和四十四年、ページ削除のない「新青年」を参照した短篇集『鬼火　完全版』が桃源社から刊行された。「新青年」は中井英夫が提供したもので、「鬼火」の初刊テキスト全文を収録したあとに、削除された十ページを範囲として初出と初刊の異同が示された。翌四十五年の横溝正史全集1『真珠郎』でも「鬼火」には同様の処理が施され、正史はその「作者付記」にこんな説明を記した。

この小説は「新青年」の昭和十年二月号と三月号の二回にわたって分載されたものだが、第一回分は雑誌発売後ただちに差し押えられ、数ページ削除の憂き目にあった。当時の「新青年」の編集長、水谷準君の説によると、姦通のシーンが、検閲当局の忌諱に触れたのであろうと。作者はやむなく、後日単行本として出版する際、削除された部分を適当に改訂しておいたのだが、その時作者の処置に慎重な配慮を欠いたがために、改訂以前の原作は作者の手許から失われてしまった。従って戦後幾度か刊行されながら、それらはすべて改訂版によるものであった。

しかし昭和六十一年になって、中井英夫は「血への供物——正史、乱歩、そして英太郎」で処分の理由を端的にこう断定した。

昭和十年二月号の「新青年」に『鬼火』の前編が発表されると、たちまちそれは発禁の厄に遭った。実に何とも小詰らない理由で、要するにこのころの内務省の役人は、社会主義というものがこの世に存在することさえ秘匿しようと躍起だった。岩波文庫のマルサスの『人口論』を、マルクスと間違えて書店から押収した話は、すでに戦中から知られていたほどである。

この指摘は正鵠を射ているはずで、内務省による処分の根拠は出版法の「政体ヲ変壊シ又ハ国憲ヲ紊乱セムトスル文書図画」という条文だったと考えられる。削除されたページには、社会主義者と明記はされていないものの、読者にはすぐそれと知れる不逞な集団と関わりをもった代助が警察に拘引され、警視庁へ送られてからもなお反抗的な態度を通しているエピソードが描かれていた。暴力革命をたくらむ組織やその協力者を読者の眼に触れさせてはならない。それが内務省警保局検閲係の判断だったと思われる。

だとすれば正史の改稿はおよそ見当はずれな修正だったことになるが、政体変壊や国憲紊乱に結びつく記述をそのまま残した春秋社の『鬼火』は、検閲を経て処分もなしに出版された。それは結局、検閲が明確な方針や規定ではなく担当者の主観に左右されるものでしかなかったことの証左だろう。この「新青年」ではもう一か所、「アリゾナ排日の真相」という三ページの記事も二ページが削除処分とされている。アリゾナの州都フェニックスで前年から激化していた日本人農家の排斥運動を伝えるだけの内容だが、米国人による日本人批判は伏せるべきだと小つまらぬ役人根性が断じたのか、風俗壊乱とは無縁な記述に処分の斧鉞がふるわれていた。

＊

「鬼火」のテキストの変遷を簡単にたどっておくと、昭和五十年の新版横溝正史全集2『白蠟変化』は「新青年」の初出テキストを採用し、いっぽう同年の角川文庫『鬼火』では、全体は春秋社の初刊に拠りながら削除された十ページに限って初出を使用したいわば折衷版が提供された。それ以後はおもに折衷版が流布しており、平成二十五年の『横溝正史研究4』に掲載された「「鬼火」新旧対照表——削除処分にともなう改訂箇所」でそれを概観することができる。また翌年の「小説野性時代」七月号には正史の長男、亮一氏が保管していた「鬼火」の原稿百五十六枚にもとづくテキストが収録された。原稿は正史と面識もあった博文館の社員が水谷準に懇願して入手し、長く愛蔵していたが、昭和五十六年に正史が死去したあと横溝家に返却されていた。

＊

本書のテキストは初出に拠り、世田谷文学館所蔵の掲載誌を底本とした。挿絵も同文学館が所有する原画から復刻したが、面で顔を隠した万造と着物の袖を翳したお銀が向き合うシーンは削除された四四、四五頁に見開きで収められていたもので、この二ページに限っては、正史の文章ではなく英太郎の絵が処分理由だったのではないかと疑わせるほどの迫力を帯びている。

併録の「様槿先生夢物語」は、「鬼火」前篇と同じく「新青年」昭和十年二月号に掲載された。当時十二歳だった中井英夫は、三十六年後の「廃園にて」にこんな望みを書きつけることになる。

それにしてもどこかで、喪われた竹中英太郎の挿し絵もそのままに『鬼火』の豪華限定版を出そうという奇特な出版社はないものだろうか。むろんそのときは『槿槿先生夢物語』——あの、いまもって探偵小説の真の魅力をのこらず説いた、色暗い宝石のような輝きを持つ文章も併せて収めてもらいたい。それこそこの廃園に、束の間の幻影の花圃を現前させてくれるに違いないのだから。

廃園は「横溝正史が逼塞を余儀なくされていた時代を差す」という。「鬼火」とあわせて「槿槿先生夢物語」を一読してみると、正史が廃園に身を置きながら「あの暖い静な海に面した南の港町」、遠い神戸への愛惜を甲斐なく募らせていたことがうかがえる。正史は寒さに弱く、「新青年」昭和三年六月号の「編輯局より」には「神戸に育つたせゐか、東京の冬にあふと僕はすつかりくさつて了ふ。雪を見ると第一心臓が縮つて了ふ程の恐怖を覚える」と打ち明けているほどだが、雪深い信州で最初の冬を迎えた正史には、やはり長く暗い冬の旅の途上にいるという自覚があったのかもしれない。

冬の旅

十二月に特定秘密保護法が施行された年が明けると、西暦二〇一五年の年頭は血なまぐさいニュースに平穏を失った。フランスで風刺漫画紙の本社が襲撃され、シリアでは耳慣れない名の過激派組織が二人の日本人を殺害して、メディアが表現の自由とテロリズムとをしきりに取り沙汰した異様な一月を追いかけるように、横溝亮一氏が二月十七日、八十四歳で死去したという訃報が伝えられた。亮一さんには一度だけ、冬の神戸でお目にかかったことがあり、上諏訪時代の思い出も含めて興味深いお話をうかがったが、この解説を書くにあたって手紙でお訊きしようかと考えたことがひとつあった。

横溝正史はシューベルトが好きだったのか、というのがその一事で、亮一さんの「父・横溝正史のこと」には、正史が上諏訪で町に一軒だけのレコード屋からベートーヴェンやショパンなどを片っ端から買い求め、蓄音機で聴いていたというエピソードが紹介されている。クラシックファンとして以前からシューベルトの「冬の旅」に親しんでいたのであれば、正史が上諏訪への転地を絶望の色濃い冬の旅にたぐえていたとしても不思議ではないだろう。ヴィルヘルム・ミュラーの詩にもとづく歌曲集「冬の旅」の第九番「Irrlicht」は、直訳すれば「狂った火」になる由だが一般に「鬼火」と訳される。だからといって、正史が自身の境涯を長く暗い冬の旅に重ね、行く手に鬼火を見ていたとするのはむろん埒もない牽強付会だが、それでもお訊きしてみたいと思いながら機会を失って、亮一さんのご冥福をお祈りするしかない仕儀となってしまった。

だが、長く暗い旅のような時代はたしかに始まっていた。横溝正史は健康を恢復して昭和十四年十二月に東京へ戻ったが、翌年には時局への配慮から探偵小説の注文は皆無となり、のちに「とどろく足音は、何物をも踏みにじってやまなかった」との回想を記すことになる。竹中英太郎は昭和十年九月、平凡社の『名作挿画全集　第四巻』に「陰獣」から想を得た「大江春泥画譜」を描き下ろして絵筆を捨て、翌年単身満洲に旅立ったものの、消息不明の時期を経て十四年には東京へ帰還する。しかし二人が再会する機会は訪れず、正史は岡山県吉備郡岡田村で、英太郎は山梨県甲府市で敗戦を迎えた。長くて暗い冬の旅は、ちょうど七十年前の夏、そうしてひとまず終わりを告げた。

猟奇の果て　遊戯の終わり

土蔵の死骸

江戸川乱歩の『幻想と怪奇』は昭和十二年六月二十日、東京市京橋区銀座西七ノ五の版画荘から千部限定で出版された。縦二〇センチ、横一五センチというやや珍しい判型の上製本で、函入り、定価二円。序文や後記、挿画はなく、本文三百二十四ページに次の九篇が収められていた。

押絵と旅する男　「新青年」昭和四年六月号
鏡地獄　「大衆文芸」大正十五年十月号

人間椅子　「苦楽」大正十四年十月号
屋根裏の散歩者　「新青年」大正十四年八月夏季増刊号
白昼夢　「新青年」大正十三年七月号
双生児　「新青年」大正十三年十月号
人でなしの恋　「サンデー毎日」大正十五年十月一日号
火星の運河　「新青年」大正十五年四月号
虫　「改造」昭和四年六月号、七月号

本書には六篇を収録し、本文も版画荘版を踏襲した。乱歩は『幻想と怪奇』発行にあたって作品に手を入れているものの、大幅な改稿は見られない。「火星の運河」の一三八頁一五行から四段落にわたる加筆が目につく程度だが〔追記：光文社文庫『陰獣　江戸川乱歩全集第3巻』の解題（七二一頁）に加筆された四段落の引用がある〕、「虫」には削除と伏字が散見されるため、乱歩が校訂した昭和三十六年の『江戸川乱歩全集5』（桃源社）をもとに、戦後の各種刊本も照合して可能なかぎりテキストを復元した。なお「虫」の終幕は、時局への配慮からか、グロテスクな死体の描写を省いてこう結ばれている。

柾木がまる二日間食事にも降りて来ないので、婆やが心配をして家主に知らせ、家主から警察に届出で、あかずの蔵の扉は、警官達の手によつて破壊された。薄暗い土蔵の二階には、むせ返る死臭の中に二つの死骸が転つてゐた。その一人は直ぐ主人公の柾木愛造と判明したけれど、もう一人の方が、行衛不明を伝へられた、人気女優木下芙蓉のなれの果てであることを確め得たのは、それから又数日ののちであつた。

本書はこれを採らず、二一八頁に見える最後の段落は昭和四年の初刊、世界探偵小説全集第二十三巻『乱歩集』（博文館）に拠っていることを附記しておく〔追記：光文社文庫『押絵と旅する男　江戸川乱歩全集第5巻』の解題（六一五頁）に最後の段落の引用がある〕。

二冊の豪華本

版画荘は昭和七年、平井博が銀座並木通りに開業した画廊で、やがて出版にも手を広げた。「日本オルタナ出版史 1923-1945　ほんとうに美しい本」を特集した「アイデア」第三百五十四号は、版画荘の本に四ページを割き、平井博の略伝も掲載しているが、それによると平井は明治三十一年、商館支配人の四男に生まれ、弁護士だった叔父の養子となった。東京外国語学校ドイツ語学科を卒業、カールツァイス社に勤務したのち、養父の遺産をもとにこの国で最初の創作版画専門画廊、版画荘を開設する。昭和九年、川西英の『サーカス』を手始めに恩地孝四郎らの版画本の刊行を開始し、翌十年には秋朱之介と城左門の企画協力を得て文芸出版に進出、萩原朔太郎の短篇小説を川上澄生の装幀で飾った『猫町』などを相次いで発行したが、十二年から翌年にかけての版画荘文庫全三十巻を最後に倒産、画廊も出版社も消滅したという。

版画荘は探偵文壇に格別の縁をもたなかったが、新進探偵作家だった木々高太郎の『人生の阿呆』を昭和十一年に、『柳桜集』を翌十二年に刊行している。前者の自序によれば、木々は知人のロシア人から紹介されて平井博に会い、雑誌連載が終わった「人生の阿呆」を出版したいとの依頼を受けた。ソビエトから亡命した女流美術家と交友があった平井には、シベリア鉄道やモスクワが登場する異色の探偵小説が興味深かったのかもしれない。ソビエトの写真十四点を収録して発行された『人生の阿呆』は直木賞を受賞し、木々は名声を確立した。

平井博と江戸川乱歩を仲介したのは城左門だった。城は版画荘から詩集『二なき生命』を出した詩人だが、城昌幸という筆名で都会的センスの光る短篇小説も発表していた。乱歩の自伝『探偵小説四十年』の「上装本「石榴」と「幻想と怪奇」」には、『幻想と怪奇』

の出版に至る経緯がこんなふうに綴られている。

もう一つの「幻想と怪奇」を出してくれた版画荘の主人、平井博氏も装釘の凝り性で、限定版のようなものばかり出していた。木々高太郎君の写真をふんだんに入れた「人生の阿呆」も、たしかその二三年前に同じ版画荘から出たのだと思う。主人が私の本名の平井と同じ姓なので、何か近親感があった。当時、城昌幸君が同社に関係していて、出版の交渉にも、城君が来てくれたのだと思う。度々本になっている私の短篇を、更めて上装本にして出すということは、恐らく城君が社主に提案してくれたのだろうと想像している。

話が前後するが、乱歩は『幻想と怪奇』の二年前、昭和十年に柳香書院から『石榴』を上梓していた。こちらも装幀に贅を尽くした豪華本で、自序と次の三篇を収録している。

石榴　「中央公論」昭和九年九月号
陰獣　「新青年」昭和三年八月夏期増刊号、九月号、十月増大号
心理試験　「新青年」大正十四年二月号

昭和十三年から翌年にかけて発表された乱歩の回想記「探偵小説十五年」には、二冊の豪華本をめぐるこんな記述がある。

「石榴」発表の翌昭和十年十月、柳香書院から「石榴」という表題の単行本を出版した。それには三つの純探偵小説「石榴」「陰獣」「心理試験」を収めたのだが、この三篇が私の探偵小説の代表的なものと考えたからである。柳香書院の主人が私の我儘を容れてくれたので、装幀も私自身立案して、用紙や活字は勿論、クロースから、背文字の書体から、金箔の純分まで厳しい註文を出して、定価では採算のとれない程原価の高い本を造ってしまった。それだけに、この本は私の百冊に近い著書の内で、現在でも最も気に入っているものである。その後、この本の姉妹篇のようにして、版画荘から、私の探偵小説でない作品を集めた「幻想と怪奇」という本を出版したが、そして、その本も装幀その他に可なり註文をつけて、やや意に満ちたものを造ることが出来たのだが、「石榴」には遥かに及ばぬ出来栄えであった。

二冊が踵を接するようにして出版されたのはむろん偶然で、どちらも向こうから転がり込んできた話に過ぎなかったが、乱歩は代表作を自選し、装幀の細部にまで意を用いた豪華本として世に送った。乱歩が愛書家だったことを差し引いても、そこには過剰なほどの熱中が認められるだろう。そうした豪奢への沈潜は、あるいは作家としての停滞や衰弱を物語るものであったかもしれない。

猟奇耽異の器

江戸川乱歩は『幻想と怪奇』出版の十四年前、大正十二年に短篇「二銭銅貨」でデビューした。綺想に満ちた短篇を矢継ぎ早に発表し、たちまち探偵小説の第一人者として地歩を固めるに至ったが、当時の乱歩にとって探偵小説は、探偵趣味を盛るための自在な器にほかならなかった。探偵趣味とは何か。大正十五年の「探偵趣味」で乱歩はこう説明している。

探偵趣味というのは、探偵小説的な趣味という意味で、猟奇趣味と呼んでも差支ない。つまり、誰かが云った奇を猟り異に耽る趣味なのだ。人間に好奇心のある間は、この趣味のすたる時はあるまいと思われる。

一方に於ては、怪奇、神秘、恐怖、狂気、冒険、犯罪などのそれ自身の面白さを意味し、他方では、それらの不思議だとか秘密だとか危険だとかを、うまく切り開いて行く明快なる理智の面白さを意味する。そんな要素が集って、探偵趣味というものが形造られている。

しかし乱歩は、東京に居を構えて長篇の連載に手を染めた大正十五年、早くも作家としての危機を自覚していた。『探偵小説四十年』には「着想枯渇の不安に襲われはじめ」、「一作毎に、もっと意外なものを、もっと怪奇なものを、もっと異常なものをと、貪欲に貪欲を重ね」ながら、それを果たせない「眼高手低の絶望感が、日一日と深まって来た」との告白が見える。昭和二年、乱歩は自作に対する嫌悪から休筆に入り、一年あまりのブランクを経て翌三年に復帰したあとは、生真面目な芸術家と計算高い商売人との葛藤に煩悶しながら作家生活を重ねてゆく。昭和四年、発行部数の多い娯楽雑誌に舞台を求め、「蜘蛛男」をはじめとした連載で大衆文壇の花形作家に昇りつめると、デビュー九年目の昭和六年には個人全集の刊行が始まるほどの人気を獲得した。「私の中の商売人の方が、この全集出版という絶好の機会に、ムクムクと頭をもたげ、張り切って来た」とみずから企画に加わった宣伝も奏功し、全十三巻の江戸川乱歩全集は経営が傾いていた平凡社を救ったと噂されるほどの売れ行きを示した。

だが昭和七年、乱歩はふたたび休筆に入ってしまう。「探偵小説十五年」には「平凡社から私の全集が出て、その印税収入のあるに任せ、怠けることに心をきめて、昭和七年三月から八年八月頃まで、やはり約一年半、何もしないで暮らした」とあるが、この時期、乱歩の探偵小説観には重大な変化が訪れていた。自伝に打ち明けているところによると、乱歩は「自分が小説を書き出してからは、西洋の探偵小説を猟り読むということを全くしなくなっていた」が、横溝正史が編集長だった「探偵小説」に立てつづけに掲載された英米の長篇を読み、新たな潮流に眼を開かれる。当の正史自身、「長篇探偵小説といえば、山あり谷あり、恋あり冒険ありというていのものばかりだと思っていたものだから、これはまあ、なんという退屈な、それでいて、なんという異様な魅力にみちた探偵小説なのだろう」と感嘆した「謎解き一本槍、すなわち謎と論理の本格長篇探偵小説」は、乱歩の関心もまた強く惹きつけた。

探偵小説はいまや、猟奇耽異の自在な器ではなかった。英米作品の主流は謎と論理を主眼とした本格長篇で占められ、怪奇、神秘、恐怖といった探偵趣味は低次な要素に堕して色褪せていた。探偵文壇にも新しい動きが生じて、乱歩によれば「昭和八年に芽生えて昭和十二年に一応その頂点を示した探偵小説の隆盛期」が到来するが、その昭和八年、乱歩は休筆を終えて長篇二作の連載に着手した。しかし、探偵小説の牙城だった「新青年」に執筆した「悪霊」は翌九年一月号で中絶、その年の夏に依頼を受け、文芸欄の充実で知られていた「中央公論」九月号に発表した「石榴」は、海外の本格長篇に使用されたトリックを下敷きに「勇躍して力作を書いて見たい」と力を注いだ意欲作だったが、批評家の悪評と探偵文壇の黙殺という無惨な結果を招いた。
乱歩が昭和十六年に作成したスクラップブック『貼雑年譜』には、当時の心境がこう述懐されている。

年初ノ「悪霊」ノ失敗ニ次グニコノ「石榴」ノ悪評並ニ無反響ハ私ノ自信ヲソグコト甚シカッタ。前頁ノ新聞ノ悪評ナドハ、黙殺ヨリハマダシモ賑カナ感ジデ、ソレホド気ニシナカッタガ、従来私ノ作ガ出レバ必ズ問題ニシテクレタ探偵作家仲間ガ今度ハ全ク黙殺シタノデ、私ハ既ニシテ私ノ時代ガ去ッテヰルコトヲハッキリ感ジタノデアル。「石榴」以上ノ何カ新シイモノヲ含ンダ作ノ創作慾ガ起ルニアラザレバ、モウ真面目ナモノハ書ケナイ、書ク気ガシナイトイフ考ヘニナッタ。ソコデコレヨリ後ノ数年間ハ、自分ガモウ現役作家デナイコトヲ自覚シ、サウイフ立場カラ探偵小説界ノタメニ何カノ仕事ヲシタイト考ヘ、イサ、カソレヲ実行シタワケデアル。

昭和九年、「北海タイムス」に「大衆作家縦横談」の第七回として乱歩のインタビューが掲載されたが、乱歩はひどく無気力な調子で質問に答え、「僕にとつては、生れて来なかつたことがいちばんいゝことで、その次にいゝことは、早く死ぬことです」と絶望的な厭世観を吐露していたこともここに書き加えておく。

文学派の領土

昭和十年、江戸川乱歩はひそかな転機を迎える。イーデン・フィルポッツの長篇「赤毛のレドメイン一家」を原書で読んだことがきっかけだった。「十年の夏から翌十一年にかけて、あるきっかけから、私の心中に本格探偵小説への情熱（といっても、書く方のでなく、読む方の情熱なのだが）が再燃して」と自伝に記しているとおり、乱歩は「春秋社の「日本探偵小説傑作集」を編纂し、「日本の探偵小説」という長文の評論をつけたこと」など、小説以外の「何カノ仕事」を手がけてゆく。端的にいってしまえば、乱歩は探偵文壇の理論的な主導者になることをみずからに課したとおぼしい。創作の表舞台からしばらく身を引き、探偵小説界全体を俯瞰する場に立つことで、乱歩は第一人者の座に君臨しつづけた。

そのためにまず必要なのは、探偵小説の定義を更新することだった。乱歩はデビュー翌年の大正十三年、佐藤春夫が猟奇耽異という成句を用いて「探偵小説小論」に記した定義への深い共感を表明していたが、昭和十年の「探偵小説の範囲と種類」では、それが「当時の私達の心持をそっくり表現してくれたものであった。こういう文学こそ私達があこがれ且つ目ざしていたところのものであった」ことを認めながらも、「必ずしも探偵小説のみを語っていたのではない」、「大部分は犯罪、怪奇の文学、引いては「悪」の文学について語っていたのである」と冷静な解釈を示し、より厳密な定義試案を発表した。

ついで求められたのは、探偵小説と総称されていた種々雑多な作品群に鷹揚な承認を与えることだった。やはり昭和十年に発表された「日本探偵小説の多様性について」で、「日本の探偵小説の過半数は本当の探偵小説でないということが云われている」という情勢を肯定した乱歩は、こんな力強い言葉で一篇を結んだ。

論理的探偵小説はあくまで論理に進むのがよい。犯罪、怪奇、幻想の文学は、作者の個性の赴くがままに、いくら探偵小説を離れても差支はない。そこに英米とは違った日本探偵小説界の、寧ろ誇るべき多様性があるのではないか。

誰と争うこともなく、乱歩は覇権を手にしていた。昭和十年に編纂した『日本探偵小説傑作集』は、乱歩が探偵小説と呼ばれる広大な領土の統治者であることを宣言するアンソロジーとなった。そこに寄せた「日本の探偵小説」で、海外作品も視野に入れて探偵小説を定義し、この国の探偵小説が置かれた状況を分析したあと、乱歩は三十人あまりの作家を論理派と文学派とに大別して筆を進めている。前者を六項目、後者を三項目に細分し、それに属する作家を列記して丹念に論評を加えてゆくさまは、ひとりの王が玉座から臣下それぞれに領地を分け与えてゆく儀式を思わせないでもない。王という比喩が大仰に過ぎるなら、サラリーマン時代の乱歩が「政治家気取りで、乾分を多数養ったりする、表面に立つ華やかな生活が好きでした」という隆夫人の回想を書き添えておいてもいいだろう。いずれにせよ乱歩は、作家として停滞と衰弱に懊悩していた時期、本格探偵小説への情熱を拠りどころとして特権的な地位を占め、そのことによってひそやかな恢復を果たしていたのではなかったか。

それが編者の謙譲か治者の不遜かは別にして、乱歩は「日本の探偵小説」に江戸川乱歩を登場させなかった。自身を論理派にも文学派にも位置づけず、「筆者自身も並々ならず論理を愛することは愛するにしても、傾向としては後の流派に属するのだと考えている」と曖昧に自己を語っただけだったが、『日本探偵小説傑作集』に「心理試験」を自選した点には論理的探偵小説への傾斜が認められる。同書に一か月遅れて刊行された『石榴』にも論理派の作品が収められたが、それは現役作家でないことを自覚した乱歩にとって、論理の追求とその到達点とを刻みつけたモニュメントのような一冊だったと見受けられる。「陰獣」のリドルストーリーめく結末を改め、犯人を確定して収録した事実にも、論理派への親近が暗示されているかもしれない。

昭和十二年の『幻想と怪奇』は、逆に「探偵小説でない作品」「犯罪、怪奇、幻想の文学」を集めた文学派の作品集だった。愛着のある作品を贅沢な書物に編んで残したいという乱歩の念願は、二年前の『石榴』よりいっそう鮮明になっていたのではないかとも思われる。前年に二・二六事件が、この年に入って蘆溝橋事件が勃発して、乱歩は自分の時代のみならず探偵小説の時代までもが過ぎ去ろうとしていることを実感し、『貼雑年譜』の昭和十二年のページにはこんな感懐を書き入れていた。

支那事変勃発スルニ及ビ私ノ仕事ハ一入窮屈ニナッタ。最早遊戯文学ノ時代デハナイノデアル。コレヨリ現在マデノ四年余リ日一日ト統制厳重トナリ、遂ニ全ク筆ヲ執ルヲ得ヌニ至ル。シカシソノ間四年間ノ猶予ガアッタワケデアル。

文学派の領土に身を置いて旧作に筆を入れ、豪奢な装幀の立案に没頭しながら、乱歩はそれが、猟奇耽異に心ゆくまで筆を遊ばせることのできた時代を追懐し、遊戯文学を葬送する行為でもあったことに気がついていたのかどうか。あるいは、自身の資質と嗜好とを直截に表現した『幻想と怪奇』というタイトルが、どこか墓碑銘めいていることに。

美しい死体

版画荘は『幻想と怪奇』を出版した翌年に消滅した。平井博は全財産を失い、自宅も手放して、戦後は新刊書店で一再ならず万引きに走るほどの窮乏に追い込まれたという。それ以後は消息も絶え、没年さえ知られていないが、版画荘から『普賢』などの著作を出した石川淳は、昭和十四年の「白描」に平井博をモデルにした中条兵作という男を登場させている。十一年夏の東京を背景に、日中戦争前夜を漂流する芸術家の姿を描いたこの長篇で、中条は渋谷松濤の邸宅に住み、銀座に便宜荘という趣味の工芸品店を構えているものの、美術工芸にはまるで興味のない俗物として造形されていた。そこに平井博その人がどの程度投影されているのかは知る由もないが、ソビエトから亡命した女流美術家や来日中のドイツ人建築家といった作中人物同様に、平井自身もまた、芸術を志した人間が国家に翻弄される不穏な時代を寄る辺なく生きていたことには変わりがない。

日一日と統制が厳重になっていったその時代、江戸川乱歩は昭和十一年に長篇二作の連載を開始する。娯楽雑誌を舞台にした「緑衣の鬼」は、「赤毛のレドメイン一家」から借りた着想を従来の通俗的な作風でアレンジした作品に終始するが、初めて少年雑誌に進出した「怪人二十面相」は、怪奇、恐怖、冒険といった要素を色濃く盛り込んで熱狂的な反響を呼んだ。乱歩は少年ものという未開の領域を発見し、そこを本領として、晩年まで倦むことなく小説の執筆を重ねてゆく。それは乱歩にとって、『石榴』で絶巓を極めた探偵小説から引き返し、『幻想と怪奇』の自由奔放な猟奇耽異をさらに遡って、学生時代の手製本『奇譚』に綴った胸躍る読書の世界を再現しつづける作業にほかならなかった。

乱歩は昭和四十年に世を去り、それからちょうど五十年が経過したが、奇を猟り異に耽った綺想はいつまでも魅力を失わず、乱歩作品は「虫」の主人公が夢見た美しい死体のようにいまも精彩を放っている。乱歩が猟奇の果てに遊戯の終わりを自覚し、人知れず心血を注いだ豪華本『幻想と怪奇』は、刊行から七十八年後、坂東壯一氏の銅版画に飾られてふたたび世に送られるが、著作権保護期間の掉尾を飾る乱歩の著書として、これ以上ふさわしい一冊は思い浮かべることができない。

ポーと乱歩　奇譚の水脈

エドガー・アラン・ポーは一八〇九年、和暦でいえば文化六年、大西洋に開かれたアメリカの港湾都市で生まれた。八十五年後の明治二十七年、紀伊半島の小さな盆地に誕生した江戸川乱歩は、成長してポーを発見し、心酔のあかしにその名を継承した。ポーを始祖と仰ぐ探偵作家として、ポーが「ベレニス」に垣間見せた夜の夢のリアルを求めながら、しかし乱歩は危うく踏み迷う。ポーの明晰と冷徹から遠ざかり、探偵小説は二重身のような奇怪な相貌を帯びて乱歩の前に立ち現れる。

江戸川乱歩のポー論は大正五年の『奇譚』を嚆矢とする。二十一歳の乱歩が大正二年から三年にかけて読みあさった海外探偵小説のメモにもとづき、洋罫紙にペンで清書して製本したのが『奇譚』だった。自伝にはそう書かれている。だが乱歩の言は正確ではない。その手製本に描かれていたのは少年期から愛読してきた小説を網羅する鳥瞰図であり、ポーの発見を契機に体系化された特異な文学史でもあった。序文には愛好する作品を批評し列挙するために一冊を編んだと記され、それらの小説は curious novel と名づけられていた。キュリオス・ノベル、訳せば奇譚だ。

乱歩は序文に明快な文学観を提示している。人間の内面に迫る精神的文学と、筋の面白さを追う物質的文学と。乱歩は文学を二種に大別し、「僕ハ内的文学ノ尊キコトヲ知リナガラモ、多クハ plot ノ奇怪ナル romance ニ趨ッタ」と打ち明ける。キュリオス・ノベルはプロットの妙に主眼を置き、死、神秘、恐怖、暗黒、凄惨、怪奇、知識の凄さ、好奇心といった要素を特徴とする。乱歩はそう規定し、精神的文学のほかに物質的探偵小説も残したポーはキュリオス・ノベルの性質をそなえた作家だったと指摘する。

全十六章の『奇譚』は第八章と第九章でポーにたどりつく。押川春浪に始まった読書遍歴はポーの探偵小説に驚愕を与えられ、ポー作品はもっとも高尚なキュリオス・ノベルとしてあらゆる奇譚の頂点に位置づけられる。しかし乱歩は、ポーの本領が探偵小説ではなく、「赤き死の仮面」や「アッシャー家の崩壊」をはじめとした mystic works にあったことも認めていた。

ポーを発見した乱歩は海外の探偵小説を濫読し、やがて探偵作家を志す。大正九年には探偵小説の普及を目的とした会の結成をもくろみ、そのパンフレットに江戸川藍峯という筆名を使用した。表記が乱歩に改められたのは二年後、「一枚の切符」と「二銭銅貨」を書きあげたときのことだった。その二篇は「新青年」の森下雨村に送られ、雨村からは作品のヒントを尋ねる手紙が届く。「黄金虫」と「盗まれた手紙」。乱歩はそう答えた。

大正十二年、「新青年」四月号に「二銭銅貨」が掲載され、江戸川乱歩は探偵作家の名乗りをあげる。筆名といい、「黄金虫」と同じく暗号を主題とした内容といい、この国のポーたることを宣言した新人の登場は探偵小説愛好家の驚きと喜びに迎えられた。

しかしこの和製のポー、和製の「黄金虫」には、ポーのような厳格な論理性からの逸脱が認められる。六字名号を使用した暗号は点字と照応する客観的な合理性を見せながら、最後には語り手の恣意にもとづく再解読が明かされる。暗号に二重の解を与えることで、乱歩は論理性よりもプロットの妙に比重を置いた小説作法への傾きを示していた。

大正十三年、乱歩は年の終わり近くに勤めを辞め、職業作家として立った。この年の夏、佐藤春夫が「新青年」増刊号に発表した探偵小説論を読み、猟奇耽異《キュリオシティ・ハンティング》という言葉を見つけて異様な魅力を感じたという乱歩は、奇を猟り異に耽ることに進路を見出して探偵作家の歩を踏み出した。

江戸川乱歩はこの国に初めて現れた探偵作家として地歩を固めた。だがポーの影響は、筆名ほどには作品に影を落とすことがなかった。大正十五年の「踊る一寸法師」では「ホップ・フロッグ」の味を狙ったといい、同じ年に連載が始まった「パノラマ島奇談」では「早すぎた埋葬」が語られる。昭和五年から六年にかけての「魔術師」で時計塔を断頭台に仕立てた趣向は「ある苦境」に見ることができ、同時期に連載した「黄金仮面」では「赤き死の仮面」に倣った大夜会がくりひろげられるなど、影響は認められるものの断片的で表層的な借用と呼ぶしかないものだった。

円本ブームで全集の企画が相次ぐと、乱歩にはポーを翻訳する機会も与えられた。ところが新進探偵作家の多忙な日々には時間の余裕がなかった。昭和四年の改造社版世界大衆文学全集第三十巻『ポー、ホフマン集』は乱歩の訳として出版されたが、ポー作品十五篇は乱歩の指名でポー通の渡辺温が代訳を担当し、うち八篇は温から依頼されて兄の啓助が翻訳を手がけた。ほかにもこの時期、乱歩はドイル、ガボリオ、ゴーティエなどの訳書を刊行しているが、すべて代訳だったことが自伝に打ち明けられている。

昭和四年に連載を開始した「蜘蛛男」を皮切りに、乱歩はのちに通俗長篇と称することになる大衆小説の作家に変貌する。明智小五郎が名探偵として犯罪者に対峙する探偵小説の結構を採用しながら、読者に提供されたのは死や神秘、恐怖、凄惨、怪奇といった奇譚の要素だった。

「講談倶楽部」をはじめとした娯楽雑誌を舞台にした乱歩は、探偵小説を通俗的な奇譚の世界に解放して多くの読者を獲得し、花形作家への階段を一気に昇りつめた。昭和十一年の「少年倶楽部」で開幕した少年ものにも同様の手法が引き継がれ、怪人二十面相と少年探偵団がくりひろげる探偵劇は年少な読者に向けて囁かれる新しい奇譚として熱狂的な反響を呼んだ。

乱歩は探偵小説の読者でもあった。デビュー以降、海外作品を手に取ることはなくなっていたが、昭和七年になって英米探偵小説界の新たな潮流を知り、十年にフィルポッツの『赤毛のレドメイン一家』を読んで本格長篇への眼を開かれる。ポーの衣鉢を継ぐ論理的な探偵小説への情熱が再燃したことを自覚して、乱歩は評論活動に力を注いでいった。

しかし眼前にひろがっていたのは異様な光景だった。探偵小説は島国の特殊な風土で二重身めいた相貌をあらわにしていた。本格と変格。かつてそう分類されたこの国の探偵小説は、乱歩が探偵作家としてたどった道をそのままに、本格の秩序から変格の混沌へ奇怪な進化をとげていた。論理性を生命とする本格長篇に探偵小説の理想を見ながらも、探偵小説がこの国で到達した多様性を肯定するしか選ぶ道はない。第一人者であり指導者でもあった乱歩はそういう立場に立っていた。

同じころ、乱歩は西洋の主流文学にも圧倒されていた。四十代に入って同性愛への関心からジイドに共感し、古代ギリシアを源泉とする西洋文学の精髄に触れた。芸と芸術の差を理解し、芸だけの作品の物足りなさも悟った。唯美主義の視角から探偵小説を純粋文学に結びつけようと企てたこともあった乱歩は、青年期には知らなかった本来の意味での文学に憧れ、そのあこがれを探偵小説の世界に模索することを念願するが、実現の機会を見出だせないまま、この国の探偵小説は戦時体制に埋没してしまう。

終戦によって探偵小説は復活した。江戸川乱歩は探偵文壇の大御所として、何よりも論理性を求めた。敗戦さえ論理性の欠如がもたらした帰結だと説き、戦前の自身の作風を否定したうえで、本格長篇が探偵小説の至高の地位にあると宣言した。呼応するように横溝正史の『本陣殺人事件』をはじめとした力作が世に問われ、乱歩が第三の山と呼んだ探偵小説ブームが訪れる。その時点では、という限定はむろん必要だが、この国の探偵小説はポーに直結する水脈に属していた。

昭和二十四年、西暦でいえば一九四九年はポーの没後百年にあたった。「宝石」十一月号は「ポオ百年祭記念怪奇探偵小説傑作選」として短篇八篇を訳載し、乱歩は「赤き死の仮面」を翻訳したほか、初めての本格的なポー論となる「探偵作家としてのE・A・ポー」を寄稿した。

そのポー論の冒頭で、乱歩は長きにわたった誤解を告白する。探偵小説はポーにとって余技であり、その本領は怪奇神秘の作品にあるという『奇譚』以来の認識は誤りだった。計算と論理にもとづいて緻密に構成されたポーのあらゆる作品は、その根底を特異な性格に支えられていた。それを乱歩は狂的なまでの推理三昧と表現し、そこにポー本来の性格を認めた。乱歩はポーを再発見し、あらためて深く理解した。それはポーに傾倒した自身の推理三昧を強く肯定することでもあった。

発見はまだあった。結び近く、ポーが一人二役トリックを使用しなかった理由に思い至って、乱歩はそれを「アア、わかった。ある。ある」といささか落ち着きのない筆で書きつけ、時代がかった美文調で一篇を締めくくる。二重の再発見が乱歩を子供のような有頂天に誘ったのか、あるいは、ポーへの敬愛がいままた熱を帯びて乱歩の胸を高鳴らせたというべきか。しかし詳述する余地はなかったため、この発見は昭和二十六年の「ディケンズの先鞭」で再説されることになる。

「宝石」のポー論は昭和二十六年、『幻影城』に「探偵作家としてのエドガー・ポー」とタイトルをやや改め、結びの筆の滑りにも手を入れて収録された。しかし本書では、幻影の城主としては憚られたのであろう稚気や昂揚をむしろ微笑ましいものと見て、あえて初出のテキストを採用している。行間にはポーを再発見した乱歩の息づかいを聞くことができるかもしれない。補遺と呼ぶべき「ディケンズの先鞭」は二十九年の『続・幻影城』に収められ、乱歩のポー論はこの正続二巻で完結する。

本書が初刊となる「赤き死の仮面」は、訳文が実際に乱歩の手になったものかどうか、まずそれを検証する必要がある。結論からいえば、疑う理由はない。乱歩は自伝に「「赤き死の仮面」を自から新訳してのせた」と記しているが、不要と見える「自から」という語句からは、翻訳が乱歩の自発的意志にもとづくものであったことが窺える。ちょうど二十年前、翻訳の機会を得ながら果たせなかった負い目のようなものが、乱歩をこの新訳に向かわせたと考えることも可能だろう。作品の選択も乱歩に委ねられていたのであれば、『奇譚』のポー論でミスティック・ワークスの筆頭にあげられたこの死と暗黒の作品は、一貫して乱歩の偏愛の対象だったとおぼしい。

ポー没後百年の昭和二十四年は、乱歩が少年ものの連載を再開し、奇譚の興趣をふたたび読者に伝え始めた年であったと同時に、「新青年」十月号で自伝の連載を開始し、探偵作家としての歩みをみずから浮き彫りにする作業に着手した年でもあった。十年後、ポーの生誕百五十年を迎えても執筆はなおつづけられ、翌年ようやく完結を見る。

エドガー・アラン・ポーは不遇と孤独のうちに四十年の生涯を終えた。江戸川乱歩はポーに導かれた生を『探偵小説四十年』に再構成し、昭和三十六年に上梓した。多くの崇拝者に囲まれながら七十歳で世を去ったのはその四年後のことだった。乱歩が求めた夜の夢のリアルはその作品に息づいているが、乱歩がポーとは正反対に、うつし世のリアルをもまた力強く生きたという事実は、自身の生涯をひそかにこの国の探偵小説史に重ね合わせたその自伝にも明瞭に語られている。

初出

涙香、「新青年」、乱歩
　中相作『涙香、「新青年」、乱歩』名張人外境、二〇一〇年五月二十九日
江戸川乱歩の不思議な犯罪
　江戸川亂歩『完本陰獣』藍峯舎、二〇一八年二月二十五日
「陰獣」から「双生児」ができる話
　江藤茂博、山口直孝、浜田知明編『横溝正史研究4』戎光祥出版、二〇一三年三月一日
野心を託した大探偵小説
　「小説現代」第五十一巻第九号、講談社、二〇一三年九月一日
乱歩と三島
　江戸川亂歩、三島由紀夫『完本黒蜥蜴』藍峯舎、二〇一四年五月十五日
「鬼火」因縁話
　横溝正史『鬼火』藍峯舎、二〇一五年六月二十五日
猟奇の果て　遊戯の終わり
　江戸川亂歩『幻想と怪奇』藍峯舎、二〇一五年十二月二十五日
ポーと乱歩　奇譚の水脈
　エドガー・アラン・ポー、江戸川亂歩『赤き死の假面』藍峯舎、二〇一二年十二月二十五日

引用底本一覧

『江戸川乱歩集　日本推理小説大系第2巻』東都書房　一九六〇年四月
『江戸川乱歩集　日本探偵小説全集2』東京創元社　創元推理文庫　一九八四年十月
『うつし世は夢　江戸川乱歩推理文庫60』講談社　一九八七年九月
『奇譚／獏の言葉　江戸川乱歩推理文庫59』講談社　一九八八年五月
『子不語随筆　江戸川乱歩推理文庫63』講談社　一九八八年七月
『乱歩随想　江戸川乱歩推理文庫58』講談社　一九八九年三月
『貼雑年譜　江戸川乱歩推理文庫特別補巻』講談社　一九八九年七月
『乱歩　下』講談社　一九九四年九月
『黄金仮面　江戸川乱歩全集第7巻』光文社　光文社文庫　二〇〇三年九月
『幻影城　江戸川乱歩全集第26巻』光文社　光文社文庫　二〇〇三年十一月
『続・幻影城　江戸川乱歩全集第27巻』光文社　光文社文庫　二〇〇四年三月
『屋根裏の散歩者　江戸川乱歩全集第1巻』光文社　光文社文庫　二〇〇四年七月
『パノラマ島綺譚　江戸川乱歩全集第2巻』光文社　光文社文庫　二〇〇四年八月

『鬼の言葉　江戸川乱歩全集第25巻』光文社　光文社文庫　二〇〇五年二月
『わが夢と真実　江戸川乱歩全集第30巻』光文社　光文社文庫　二〇〇五年六月
『悪人志願　江戸川乱歩全集第24巻』光文社　光文社文庫　二〇〇五年十月
『陰獣　江戸川乱歩全集第3巻』光文社　光文社文庫　二〇〇五年十一月
『探偵小説四十年（上）　江戸川乱歩全集第28巻』光文社　光文社文庫　二〇〇六年一月
『探偵小説四十年（下）　江戸川乱歩全集第29巻』光文社　光文社文庫　二〇〇六年二月

＊

鮎川哲也編『怪奇探偵小説集　Ⅲ』双葉社　双葉文庫　一九八四年十月
稲垣足穂『弥勒』河出書房新社　河出文庫　一九八七年一月
井上良夫『探偵小説のプロフィル』国書刊行会　一九九四年七月
大杉栄『自叙伝・日本脱出記』岩波書店　岩波文庫　一九七一年一月
奥野健男『三島由紀夫伝説』新潮社　新潮文庫　二〇〇〇年十月
開高健『開高健の文学論』中央公論新社　中公文庫　二〇一〇年六月
北村薫『自分だけの一冊　北村薫のアンソロジー教室』新潮社　新潮新書　二〇一〇年一月
黒岩涙香、小酒井不木、甲賀三郎『黒岩涙香・小酒井不木・甲賀三郎集　日本探偵小説全集1』

東京創元社　創元推理文庫　一九八四年十二月
小林信彦編『横溝正史読本』角川書店　角川文庫　一九七九年一月
小林信彦『面白い小説を見つけるために』光文社　知恵の森文庫　二〇〇四年五月
小林信彦『回想の江戸川乱歩』光文社　光文社文庫　二〇〇四年八月
佐藤春夫『佐藤春夫集　夢を築く人々　怪奇探偵小説名作選4』筑摩書房　ちくま文庫　二〇〇二年五月
澁澤龍彦『澁澤龍彦作家論集成　上』河出書房新社　河出文庫　二〇〇九年十一月
谷崎潤一郎『細雪（中）』新潮社　新潮文庫　一九五五年十月
中井英夫『ケンタウロスの嘆き　中井英夫全集6』東京創元社　創元ライブラリ　一九九六年七月
中島河太郎『日本推理小説史　第三巻』東京創元社　一九九六年十二月
西野嘉章『装釘考』玄風舎　二〇〇〇年四月
浜田雄介編『子不語の夢　江戸川乱歩小酒井不木往復書簡集』乱歩蔵びらき委員会　二〇〇四年十月
平井隆太郎『うつし世の乱歩　父・江戸川乱歩の憶い出』河出書房新社　二〇〇六年六月

三島由紀夫『三島由紀夫短篇全集　下巻』新潮社　一九八七年十一月
三島由紀夫『三島由紀夫評論全集　第一巻』新潮社　一九八九年七月
三島由紀夫『三島由紀夫評論全集　第二巻』新潮社　一九八九年七月
三島由紀夫『三島由紀夫評論全集　第三巻』新潮社　一九八九年七月
三島由紀夫『三島由紀夫戯曲全集　下巻』新潮社　一九九〇年九月
湯村の杜竹中英太郎記念館『竹中英太郎』湯村の杜竹中英太郎記念館　二〇〇六年九月
横溝正史『真珠郎　横溝正史全集1』講談社　一九七〇年九月
横溝正史『横溝正史集　日本探偵小説全集9』東京創元社　創元推理文庫　一九八六年一月
横溝正史『探偵小説五十年』講談社　講談社オンデマンドブックス　二〇〇五年十二月
横溝正史『姿なき怪人』角川書店　角川文庫　一九八四年十月
横溝正史『横溝正史自伝的随筆集』角川書店　二〇〇二年五月
横溝正史『横溝正史探偵小説選Ⅰ』論創社　論創ミステリ叢書35　二〇〇八年八月

＊

「新青年」一九二五年三月号　博文館
「新青年」一九二七年八月号　博文館

「新青年」一九二八年六月号　博文館
「新青年」一九二八年八月号　博文館
「新青年」一九二八年十一月号　博文館
「新青年」一九四九年十月号　博友社
「文学時代」一九二九年七月号　新潮社
「北海タイムス」一九三四年十二月七日号　北海タイムス社
「宝石」一九四九年十一月号　岩谷書店
「宝石」一九五一年三月号　岩谷書店
「噂」一九七二年十一月号　噂発行所
「愛書家手帳」第三号　愛書家くらぶ発行所　一九七六年十月
「太陽」一九八八年一月号　平凡社

＊

旧字体は新字体に改めて引用した。明らかな誤字は訂した。

作品年譜

本書で引用、言及した作品の一覧を掲げる。「 」は作品名。翻訳、談話を含む。乱歩作品は作者名を省いた。〔↓ 〕は改題、（↓ ）は連載期間。刊本として示す場合は『 』を用い、出版社を附記した。全集、選集は除外した。

＊

天保六年（一八三五）三月、E・A・ポー「ベレニス」。
天保九年（一八三八）十二月、E・A・ポー「ある苦境」。
天保十年（一八三九）九月、E・A・ポー「アッシャー家の崩壊」。
天保十三年（一八四二）五月、E・A・ポー「赤き死の仮面」。
天保十四年（一八四三）六月、E・A・ポー「黄金虫」。
弘化元年（一八四四）八月、E・A・ポー「早すぎた埋葬」。
弘化二年（一八四五）この年、E・A・ポー「盗まれた手紙」。
嘉永二年（一八四九）この年、E・A・ポー「ホップ・フロッグ」。
明治二十二年（一八八九）五月、黒岩涙香「美人の手〔↓片手美人〕」（↓七月）。

明治二十七年（一八九四）十月、江戸川乱歩誕生。

大正五年（一九一六）三月、『奇譚』（私家版）。

大正十年（一九二一）四月、横溝正史「恐ろしき四月馬鹿」。

大正十一年（一九二二）九月、大杉栄「お化けを見た話」。十月、神近市子「豚に投げた真珠」。

この年、Ｅ・フィルポッツ「赤毛のレドメイン一家」。

大正十二年（一九二三）四月、「二銭銅貨」、小酒井不木「「二銭銅貨」を読む」。五月、横光利一「日輪」。六月、永井荷風『二人妻』（東光閣書店）。七月、「一枚の切符」。十一月、「恐ろしき錯誤」。

大正十三年（一九二四）六月、「二癈人」。八月、佐藤春夫「探偵小説小論」。九月、竹久夢二『恋愛秘語』（文興院）。十月、「双生児」。

大正十四年（一九二五）一月、「Ｄ坂の殺人事件」。二月、「心理試験」。三月、「日記帳」、「算盤が恋を語る話」。四月、「赤い部屋」。五月、「盗難」。七月、「夢遊病者彦太郎の死（→夢遊病者の死）」、「白昼夢」、「指環」。八月、「屋根裏の散歩者」。九月、「疑惑」（→十月）。十月、「人間椅子」。十二月、「接吻」。

大正十五年（一九二六）一月、「踊る一寸法師」、「覆面の舞踏者」（→二月）。二月、平林初之

輔「探偵小説壇の諸傾向」。四月、「火星の運河」。六月、「モノグラム」、「私の探偵趣味」。八月、「今一つの世界」。九月、「探偵趣味」。十月、「鏡地獄」、「人でなしの恋」、「パノラマ島奇譚（↓パノラマ島奇談）」（↓昭和二年四月）。十一月、森下雨村「一転機にある探偵小説」（↓十二月）。十二月、「作者の言葉」、「一寸法師」（↓昭和二年二月）。

昭和二年（一九二七）十月、「探偵作家一本参る話」。十一月、大下宇陀児「盲地獄」、本田緒生「罪を裁く」。

昭和三年（一九二八）一月、「無駄話」、山口海旋風「興安紅涙賦」。三月、谷崎潤一郎「卍」（↓昭和五年四月）。六月、横溝正史（坂井三郎名義）「二輪馬車の秘密」。七月、甲賀三郎「瑠璃王の瑠璃玉」、横溝正史（川崎七郎名義）「桐屋敷の殺人事件」。八月、甲賀三郎「ニウルンベルクの名画」、「陰獣」（↓十月）。十一月、横溝正史「陰獣縁起」。

昭和四年（一九二九）一月、「悪夢（↓芋虫）」、「孤島の鬼」（↓五年二月）。二月、横溝正史「双生児」。六月、「押絵と旅する男」、「虫」（↓七月）。七月、「探偵小説座談会」、横溝正史「猫目石の秘密」、同「喘ぎ泣く死美人」、「あの作この作（↓楽屋噺）」。八月、「蜘蛛男」（↓五年六月）。

昭和五年（一九三〇）五月、横溝正史「芙蓉屋敷の秘密」（↓八月）。七月、「魔術師」（↓六年六月)。八月、「作者——江戸川乱歩氏曰く」。九月、「黄金仮面」(↓六年十月)。十一月、横溝正史(河原梧郎名義)「髑髏鬼」。

昭和六年(一九三一)一月、「盲獣」(↓七年三月)。二月、「旧探偵小説時代は過去った」。四月、「目羅博士の不思議な犯罪(↓目羅博士)」。五月、「地獄風景」(↓七年四月)。八月、横溝正史「鋼鉄仮面王」(↓十月)。

昭和七年(一九三二)二月、「トリックを超越して」、横溝正史「諏訪未亡人(五)地下街の崩壊」。四月、「火縄銃」。五月、「探偵小説十年」。十一月、平井隆「二様の性格」。この年、E・クイーン「Yの悲劇」。

昭和八年(一九三三)一月、横溝正史「面影双紙」。十月、横溝正史「憑かれた女」(↓十二月)。十一月、「悪霊」(↓九年一月)。

昭和九年(一九三四)一月、「黒蜥蜴」(↓十一月)、「人間豹」(↓十年五月)、川西英『サーカス』(版画荘)。八月、井上良夫「傑作探偵小説吟味(二)陰獣」。九月、「柘榴(↓石榴)」。十二月、「大衆作家縦横談(七)江戸川乱歩氏と語る」。

昭和十年(一九三五)二月、横溝正史「鬼火」(↓三月)、同「權權先生夢物語」。七月、城昌幸(城左門名義)『二なき生命』(版画荘)。八月、保篠龍緒「夜怪乱陣」。九月、「鬼の言葉」(↓

十一年五月)、横溝正史『鬼火』(春秋社)、『日本探偵小説傑作集』(春秋社)、「日本の探偵小説」、竹中英太郎「「陰獣」因縁話」、「探偵小説壇の新なる情熱」。十月、「日本探偵小説の多様性について」、『石榴』(柳香書院)。十一月、「鬼の言葉(三)(→探偵小説の範囲と種類→探偵小説の定義と類別)」、萩原朔太郎『猫町』(版画荘)。

昭和十一年(一九三六)一月、木々高太郎「人生の阿呆」(→五月)、「怪人二十面相」(→十二月)、「緑衣の鬼」(→十二年二月)。七月、木々高太郎『人生の阿呆』(版画荘)。

昭和十二年(一九三七)三月、木々高太郎『柳桜集』(版画荘)。五月、石川淳『普賢』(版画荘)。六月、『幻想と怪奇』(版画荘)。

昭和十三年(一九三八)一月、「妖怪博士」(→十二月)。九月、「探偵小説十五年」(→十四年八月)。

昭和十四年(一九三九)三月、石川淳「白描」(→九月)。四月、「幽鬼の塔」(→十五年三月)。

昭和十六年(一九四一)四月、『貼雑年譜』(私家版)。

昭和十八年(一九四三)一月、谷崎潤一郎「細雪」(→二十三年十月)。

昭和二十一年(一九四六)四月、横溝正史「探偵小説への饑餓」、同「本陣殺人事件」(→十二月)。五月、横溝正史「蝶々殺人事件」(→二十二年四月)。八月、「幻影城通信」(→二十六年一月)。

九月、「推理小説随想」、「探偵小説におけるグルーサムとセンジュアリティ（→グルーサムとセンジュアリティ）」、「探偵小説の方向」。十月、久生十蘭「ハムレット」、横溝正史「探偵小説」。

昭和二十二年（一九四七）一月、横溝正史「獄門島」（→二十三年十月）。二月、「二人の芭蕉の問題」。三月、「幻影城通信（六）「本陣殺人事件」を読む」。四月、大下宇陀児「不思議な母」、同「柳下家の真理」（→五月）。五月、角田喜久雄「銃口に笑う男（→高木家の惨劇）」。八月、坂口安吾「不連続殺人事件」（→二十三年八月）。十一月、海野十三「探偵小説雑感」。

昭和二十三年（一九四八）二月、稲垣足穂「白昼見」。五月、高木彬光「刺青殺人事件」。

昭和二十四年（一九四九）一月、「青銅の魔人」（→十二月）。四月、横溝正史「代作ざんげ」。五月、「探偵小説第三の山」。六月、森下雨村「探偵作家思い出話」（→九月）。十月、「探偵小説三十年」（→二十五年七月）。十一月、「赤き死の仮面」、「探偵作家としてのE・A・ポー（→探偵作家としてのエドガー・ポー）」。

昭和二十五年（一九五〇）五月、「「抜打座談会」を評す」。十一月、「日本探偵小説の系譜」。

昭和二十六年（一九五一）一月、「三角館の恐怖」（→十二月）。二月、「ディケンズの先鞭」。三月、「探偵小説三十年」（→三十一年一月）。五月、『幻影城』（岩谷書店）。

昭和二十九年（一九五四）六月、『続・幻影城』（早川書房）。十一月、「化人幻戯」（→三十年十月）。

昭和三十年（一九五五）一月、「影男」（→十二月）。七月、「防空壕」。十月、「十字路」。

昭和三十一年（一九五六）一月、「非現実への愛情」。四月、「探偵小説三十五年」（→三十五年六月）。十一月、「酒とドキドキ」。

昭和三十二年（一九五七）一月、「好人病」、三島由紀夫「女方」。

昭和三十三年（一九五八）九月、開高健「熱烈な外道美学」。十月、「狐狗狸の夕べ」。

昭和三十四年（一九五九）二月、「若気のあやまち」。十月、「ぺてん師と空気男」。

昭和三十五年（一九六〇）四月、「作者のことば」。七月、三島由紀夫「推理小説批判」。十二月、『江戸川乱歩傑作選』（新潮社）。

昭和三十六年（一九六一）七月、『探偵小説四十年』（桃源社）。十二月、三島由紀夫「黒蜥蜴」。

昭和三十七年（一九六二）二月、三島由紀夫「「黒蜥蜴」について」。三月、三島由紀夫「関係者の言葉」。五月、「あとがき」。六月、「あとがき」。

昭和四十年（一九六五）七月、江戸川乱歩死去。十月、横溝正史「「二重面相」江戸川乱歩」。

昭和四十四年（一九六九）四月、横溝正史「初対面の乱歩さん」。

昭和四十五年（一九七〇）一月、西田政治「神戸時代の横溝君と私」、横溝正史「途切れ途切れの記」（→十月）。六月、中島河太郎「「新青年」三十年史」。七月、三島由紀夫「私の中の二十五年」。九月、横溝正史「作者付記」。

昭和四十六年（一九七一）三月、中井英夫「廃園にて」。六月、小林信彦「半巨人の肖像」。

昭和四十七年（一九七二）一月、島崎博・三島瑤子「定本三島由紀夫書誌」。十一月、竹中労「春画で絵描きの実力がわかる」。

昭和四十九年（一九七四）七月、澁澤龍彦「解説（→江戸川乱歩『パノラマ島奇談』解説）」。

昭和五十年（一九七五）二月、横溝正史「淋しさの極みに立ちて――「かいやぐら物語」の思い出」。七月、横溝正史「「パノラマ島奇譚」と「陰獣」が出来る話」。十二月、横溝正史「横溝正史の秘密（二）自作を語る」。

昭和五十一年（一九七六）十月、鮎川哲也「解説」、長瀬宝「さし絵の中の女（三）陰獣の静子」。

昭和五十二年（一九七七）。十一月、小牧正英「バレエと私の戦後史」。

昭和五十四年（一九七九）一月、横溝正史「悪霊島」（→五十五年五月）。

昭和五十五年（一九八〇）三月、横溝正史「乱歩が行く、警戒しろ…」。

昭和五十九年（一九八四）一月、小林信彦「小説世界のロビンソン」（→六十二年十二月）。十月、横溝孝子「横溝正史の思い出を語る（一）」、中井英夫「解説――乱歩変幻（→乱歩変幻）」。

十二月、竹中英太郎「横溝さんと「陰獣」」。

昭和六十一年（一九八六）一月、中井英夫「血への供物——正史、乱歩、そして英太郎」、横溝孝子「「鬼火」のころ」。

昭和六十三年（一九八八）一月、竹中英太郎「モボ・モガも新人類も大いに結構」。

平成五年（一九九三）二月、奥野健男「三島由紀夫伝説」。

平成十二年（二〇〇〇）五月、西野嘉章「装釘考」。

平成十四年（二〇〇二）五月、横溝亮一「父・横溝正史のこと」。

平成十六年（二〇〇四）七月、山前譲「まさしく珠玉の初期短編群」。十月、村上裕徳「脚註」。

平成十八年（二〇〇六）、一月、新保博久「解題」。

平成二十年（二〇〇八）八月、『江戸川乱歩短篇集』（岩波書店）。

平成二十一年（二〇〇九）十二月、長山靖生「日本ＳＦ精神史」。

平成二十二年（二〇一〇）一月、沢木耕太郎「あとがき——右か、左か」、川西政明「新・日本文壇史　第一巻　漱石の死」、北村薫「自分だけの一冊　北村薫のアンソロジー教室」。

あとがき

江戸川乱歩の生誕地、三重県名張市に生まれ育って一九九五年十月から二〇〇八年三月まで市立図書館の乱歩資料担当嘱託を務めた。知性にはまるで無縁な土地柄である。図書館といっても館長は日本語の読み書きさえ怪しいお役人だし、乱歩関連資料を収集しておりますと立派な看板を掲げても内情はいっそ痛快なまでにでたらめである。どれほどでたらめであるかは昨年十月に配信された電子書籍『江戸川乱歩電子全集　第16巻』（小学館）収録のインタビュー「カリスマ嘱託の驕慢と頽落」で委曲を尽くしておいたからここでは述べない。とにかく嘱託を拝命したのだからと名張市立図書館の江戸川乱歩リファレンスブック1として『乱歩文献データブック』を編纂し、第一章第六節「大衆意識の可能性——江戸川乱歩」で乱歩を思想史に位置づけた鶴田小彌太さんの『昭和思想史60年』（三一書房、一九八六年）も乱歩関連文献の一点として記載した。刊行は一九九七年三月。ふと思いついて、鶴田さんに一冊お送りしたと記憶している。

ちょうど二十年後の昨年三月、その鷲田さんから突然連絡が入った。津市立三重短期大学の教え子との会合に出席するため津へ行く、名張まで足を伸ばすから会えないかというのが用件だった。五月の夜、初めてお目にかかった鷲田さんは凄まじいような勢いでお酒を飲みながら、乱歩の本を書け、とおっしゃった。枚数は二百五十枚、締切は十一月末、出版社も決めてあるからとかなり強引なお話だったが、せっかくのご指名をお断りする道理はどこにもない。とはいえ半年で二百五十枚、田舎でのんびりくすぶっている非才の身にそんな芸当が可能かどうか、内心首を傾げながらわかりましたと答えてさっそく書き始めてみたものの、じきに不可能だと判明した。しかし、やっぱり無理でしたと開き直れるような度胸はない。これまでに書いたものを寄せ集めてお茶を濁すことに決め、なんとか二百五十枚、言視舎の杉山尚次さんに電子メールでＰＤＦファイルを送信した。同じようなことばかり書いてあるからものにならないだろうと踏んでいたところ、杉山さんからひとつのできごとにいろいろな角度からスポットが当てられている点が興味深いと意外な評言をいただいて、ああ、江戸川乱歩は富士山だなと思い当たった。

富士の頂角、広重の富士は八十五度、文晁の富士も八十四度くらい、北斎に至っては三十度くらいという著名なフレーズが事実かどうかはともかく、富士山は見る位置、描く人間によってさまざまに姿を変えると伝えられる。乱歩も群盲に撫でられる一頭の巨象のような存在で、『乱歩文献データブック』に頂戴した中島河太郎先生のエッセイ「江戸川乱歩評判記」も「各人各説でまだまだ乱歩の全貌を摑むのは容易でない」と結ばれていた。だから本書も変わり映えのしない素材を扱った同工異曲の実話読みもの八篇、何の愛想もなく漫然と並べてお茶を濁しているだけの本では決してなく、視点を少しずつずらしながら仰ぎ見た富嶽百景ならぬ乱歩八景の試みなのであると思い込むことにした。同じ時代の同じ舞台に同じような人物がくり返し登場することからフォークナーや中上健次の向こうを張ってタイトルにサーガと謳おうかとも考えたのだが、それでは印象がフィクションめいてくるうえ大仰に過ぎる気もしてクロニクルに落ち着いた。巻末の「作品年譜」にはクロニクルの面目が躍如としているような気配がないでもないだろう。

収録作品に簡単に触れておくと、「涙香、「新青年」、乱歩」は「はしがき」に記したとおり二〇〇九年の短い講演がもとになっている。残りは乱歩作品を中心に少部数の豪華本出版を手がける藍峯舎の書籍に寄せた解説が大半を占め、刊行時期は二〇一二年からつい先日の今年二月まで。二〇一三年の『横溝正史研究』は「横溝正史の一九三〇年代」を特集したナンバーだったが、あいにく一九二八年から二九年にかけての話題しか思いつかなかったから「一九三〇年代前夜の正史と乱歩」という副題をつけてお茶を濁した。同じく二〇一三年の「小説現代」はグラビア「奇跡の発見！　江戸川乱歩『黄金仮面』、戦前の生原稿450枚」の掲載号で、解説を担当したところ肩書を求められたため江戸川乱歩書誌作成者というのをでっちあげてお茶を濁した。

振り返ればお茶を濁してばかりの世渡りである。なりゆきに任せてただ馬齢を重ね、この三月には晴れて前期高齢者の仲間入りを果たす仕儀となってしまったが、ほぼ時期を同じくして本書を世に送る機会に恵まれた。講演であれ、解説であれ、出版であれ、田舎でのんびりくすぶっている非才の身を引き立て、ここに至る道を開いてくださったみなさんには感謝の言葉もない。さらにさかのぼればすべての起点は名張市立図書館にほかならず、名張市のお役人がいっそ爽快なまでに無能だったからこそこうした僥倖に逢着できたのである。知性にはまるで無縁な土地柄にも尽きせぬ謝意を表しておくべきかもしれない。

二〇一八年二月二十五日、バンクーバー冬季五輪から早八年、平昌冬季五輪の閉会式が催される日に

[著者紹介]
中 相作（なか　しょうさく）
1953年、三重県名張市生まれ。三重県立上野高校卒業。1995年から2008年まで名張市立図書館乱歩資料担当嘱託を務め、江戸川乱歩リファレンスブック1『乱歩文献データブック』、2『江戸川乱歩執筆年譜』、3『江戸川乱歩著書目録』を編纂。編集業。

本文DTP制作………勝澤節子
編集協力………田中はるか
装丁………佐々木正見

乱歩謎解きクロニクル

発行日❖2018年3月31日　初版第1刷

著者
中 相作
発行者
杉山尚次
発行所
株式会社言視舎
東京都千代田区富士見2-2-2 〒102-0071
電話03-3234-5997　FAX 03-3234-5957
http://www.s-pn.jp/
印刷・製本
モリモト印刷㈱

ISBN978-4-86565-118-8 C0095